CLASSIQUES JAUNES

Littératures francophones

L'École des maris,
Les Fâcheux

Molière

L'École des maris,
Les Fâcheux

Édition critique par Charles Mazouer

PARIS
CLASSIQUES GARNIER
2022

Charles Mazouer, professeur honoraire à l'université de Bordeaux Montaigne, est spécialiste de l'ancien théâtre français. Outre l'édition de textes de théâtre des XVIe et XVIIe siècles, il a notamment publié *Molière et ses comédies-ballets*, les trois tomes du *Théâtre français de l'âge classique*, ainsi que *Théâtre et christianisme. Études sur l'ancien théâtre français*.

Illustration de couverture : « Molière dans Sganarelle de *L'École des maris*. D'après un tableau de la Comédie Française »

© 2022. Classiques Garnier, Paris.
Reproduction et traduction, même partielles, interdites.
Tous droits réservés pour tous les pays.

ISBN 978-2-406-12439-9
ISSN 2417-6400

ABRÉVIATIONS USUELLES

Acad.	*Dictionnaire de l'Académie (1694)*
C.A.I.E.F.	*Cahiers de l'Association Internationale des Études Françaises*
FUR.	*Dictionnaire universel* de Furetière (1690)
I. L.	*L'Information littéraire*
P.F.S.C.L.	*Papers on French Seventeenth-Century Literature*
R.H.L.F.	*Revue d'Histoire Littéraire de la France*
R.H.T.	*Revue d'Histoire du Théâtre*
RIC.	*Dictionnaire français* de Richelet (1680)
S.T.F.M.	Société des Textes Français Modernes
T.L.F.	Textes Littéraires Français

AVERTISSEMENT

L'ÉTABLISSEMENT DES TEXTES

Il ne reste aucun manuscrit de Molière.

Si l'on s'en tient au XVIIe siècle[1], comme il convient – Molière est mort en 1673 et la seule édition posthume qui puisse présenter un intérêt particulier est celle des *Œuvres* de 1682 –, il faut distinguer cette édition posthume des éditions originales séparées ou collectives des comédies de Molière.

Sauf cas très spéciaux, comme celui du *Dom Juan* et du *Malade imaginaire*, Molière a pris généralement des privilèges pour l'impression de ses comédies et s'est évidemment soucié de son texte, d'autant plus qu'il fut en butte aux mauvais procédés de pirates de l'édition qui tentèrent de faire paraître le texte des comédies avant lui et sans son aveu. C'est donc le texte de ces éditions originales qui fait autorité, Molière ne s'étant soucié ensuite ni des réimpressions des pièces séparées, ni des recueils factices constitués de pièces

---

1   Le manuel de base : Albert-Jean Guibert, *Bibliographie des œuvres de Molière publiées au* XVIIe *siècle*, 2 vols. en 1961 et deux *Suppléments* en 1965 et 1973 ; le CNRS a réimprimé le tout en 1977. Mais les travaux continuent sur les éditions, comme ceux d'Alain Riffaud, qui seront cités en leur lieu. Voir, parfaitement à jour, la notice du t. I de l'édition dirigée par Georges Forestier avec Claude Bourqui des *Œuvres complètes* de Molière, 2010, p. cxi-cxxv, qui entre dans les détails voulus.

déjà imprimées. Ayant refusé d'endosser la paternité des
Œuvres de M. Molière parues en deux volumes en 1666, dont
il estime que les libraires avaient obtenu le privilège par
surprise, Molière avait l'intention, ou aurait eu l'intention
de publier une édition complète revue et corrigée de son
théâtre, pour laquelle il prit un privilège ; mais il ne réalisa
pas ce travail et l'édition parue en 1674 (en six volumes ;
un septième en 1675), qu'il n'a pu revoir et qui reprend des
états anciens, n'a pas davantage de valeur.

En revanche, l'édition collective de 1682 présente davantage d'intérêt – même si, pas plus que l'édition de 1674,
elle ne représente un travail et une volonté de Molière lui-
même sur son texte[2]. On sait, indirectement, qu'elle a été
préparée par le fidèle comédien de sa troupe La Grange,
et un ami de Molière, Jean Vivot. Si, pour les pièces déjà
publiées par Molière, le texte de 1682 ne montre guère de
différences, cette édition nous fait déjà connaître le texte des
sept pièces que Molière n'avait pas publiées de son vivant
(*Dom Garcie de Navarre*, *L'Impromptu de Versailles*, *Dom Juan*,
Mélicerte, *Les Amants magnifiques*, *La Comtesse d'Escarbagnas*,
Le Malade imaginaire). Ces pièces, sauf exception, seraient
autrement perdues. En outre, les huit volumes de cette
édition entourent de guillemets les vers ou passages omis,
nous dit-on, à la représentation, et proposent un certain
nombre de didascalies censées représenter la tradition de
jeu de la troupe de Molière. Quand on compare les deux
états du texte, pour les pièces déjà publiées du vivant de
Molière, on s'aperçoit que 1682 corrige (comme le prétend
la Préface)… ou ajoute des fautes et propose des variantes

---

2   Voir Edric Caldicott, « Les stemmas et le privilège de l'édition des
     Œuvres complètes de Molière (1682) », [in] *Le Parnasse au théâtre…*, 2007,
     p. 277-295, qui montre que Molière n'a jamais entrepris ni contrôlé une
     édition complète de son œuvre, ni pour 1674 ni pour 1682.

(ponctuation, graphie, style, texte) passablement discutables.
Bref, cette édition de 1682, malgré un certain intérêt,
n'autorise pas un texte sur lequel on doute fort que Molière
ait pu intervenir avant sa mort.

Voici la description de cette édition :

— Pour les tomes I à VI : LES / ŒUVRES / DE /
   MONSIEUR / DE MOLIERE. Reveuës, corrigées
   & augmentées. / *Enrichies de Figures en Taille-douce.* /
   A PARIS, / Chez DENYS THIERRY, ruë saint
   Jacques, à / l'enseigne de la Ville de Paris. / CLAUDE
   BARBIN, au Palais, sur le second / Perron de la sainte
   Chapelle. / ET / Chez PIERRE TRABOUILLET, au
   Palais, dans la / Gallerie des Prisonniers, à l'image
   S. Hubert ; & à la / Fortune, proche le Greffe des Eaux
   & Forests. / M. DC. LXXXII. / *AVEC PRIVILEGE
   DV ROY.*
— Pour les tomes VII et VIII, seul le titre diffère : LES /
   ŒUVRES / POSTHUMES / DE / MONSIEUR / DE
   MOLIERE. / Imprimées pour la première fois en 1682.

Je signale pour finir l'édition en 6 volumes des *Œuvres de
Molière* (Paris, Pierre Prault pour la Compagnie des Libraires,
1734), qui se permet de distribuer les scènes autrement et
même de modifier le texte, mais propose des jeux de scène
plus précis dans ses didascalies ajoutées.

La conclusion s'impose et s'est imposée à toute la
communauté des éditeurs de Molière. Quand Molière a
pu éditer ses œuvres, il faut suivre le texte des éditions
originales. Mais force est de suivre le texte de 1682 quand
il est en fait le seul à nous faire connaître le texte des
œuvres non éditées par Molière de son vivant. *Dom Juan*

et *Le Malade imaginaire* posent des problèmes particuliers qui seront examinés en temps voulu.

Au texte des éditions originales, ou pourra adjoindre quelques didascalies ou quelques indications intéressantes de 1682, voire, exceptionnellement, de 1734, à titre de variantes – en n'oubliant jamais que l'auteur n'en est certainement pas Molière.

Selon les principes de la collection, la graphie sera modernisée. En particulier en ce qui concerne l'usage ancien de la majuscule pour les noms communs. La fréquentation assidue des éditions du XVIIᵉ siècle montre vite que l'emploi de la majuscule ne répond à aucune rationalité, dans un même texte, ni à aucune intention de l'auteur. La fantaisie des ateliers typographiques, que les écrivains ne contrôlaient guère, ne peut faire loi.

La ponctuation des textes anciens, en particulier des textes de théâtre, est toujours l'objet de querelles et de polémiques. Personne ne peut contester ce fait : la ponctuation ancienne, avec sa codification particulière qui n'est plus tout à fait la nôtre, guidait le souffle et le rythme d'une lecture orale, alors que notre ponctuation moderne organise et découpe dans le discours écrit des ensembles logiques et syntaxiques. On imagine aussitôt l'intérêt de respecter la ponctuation ancienne pour les textes de théâtre – comme si, en suivant la ponctuation d'une édition originale de Molière[3], on pouvait en quelque sorte restituer la diction qu'il désirait pour son théâtre !

Il suffirait donc de transcrire la ponctuation originale. Las ! D'abord, certains signes de ponctuation, identiques

---

3   À cet égard, Michael Hawcroft (« La ponctuation de Molière : mise au point », *Le Nouveau Moliériste*, nᵒ IV-V, 1998-1999, p. 345-374) tient pour les originales, alors que Gabriel Conesa (« Remarques sur la ponctuation de l'édition de 1682 », *Le Nouveau Moliériste*, nᵒ III, 1996-1997, p. 73-86) signale l'intérêt de 1682.

dans leur forme, ont changé de signification depuis le
XVIIᵉ siècle : trouble fâcheux pour le lecteur contemporain.
Surtout, comme l'a amplement démontré, avec science et
sagesse, Alain Riffaud[4], là non plus on ne trouve pas de
cohérence entre les pratiques des différents ateliers, que les
dramaturges ne contrôlaient pas – si tant est que, dans leurs
manuscrits, ils se soient souciés d'une ponctuation précise !
La ponctuation divergente de différents états d'une même
œuvre de théâtre le prouve. On me pardonnera donc de ne
pas partager le fétichisme à la mode pour la ponctuation
originale.

J'aboutis donc au compromis suivant : respect autant
que possible de la ponctuation originale, qui sera toutefois
modernisée quand les signes ont changé de sens ou quand
cette ponctuation rend difficilement compréhensible tel
ou tel passage.

PRÉSENTATION
ET ANNOTATION DES COMÉDIES

Comme l'écrivait très justement Georges Couton dans
l'Avant-propos de son édition de Molière[5], tout commentaire
d'une œuvre est toujours un peu un travail collectif, qui
tient compte déjà des éditions antécédentes – et les éditions de Molière, souvent excellentes, ne manquent pas, à
commencer par celle de Despois-Mesnard[6], fondamentale et

---

4   *La Ponctuation du théâtre imprimé au* XVIIᵉ *siècle*, Genève, Droz, 2007.
5   *Œuvres complètes*, t. I, 1971, p. xi-xii.
6   *Œuvres complètes* de Molière, pour les « Grands écrivains de la France »,
     13 volumes de 1873 à 1900.

remarquable, et dont on continue de se servir... sans toujours le dire. À partir d'elles, on complète, on rectifie, on abandonne dans son annotation, car on reste toujours tributaire des précédentes annotations. On doit tenir compte aussi de son lectorat. Une longue carrière dans l'enseignement supérieur m'a appris que mes lecteurs habituels – nos étudiants (et nos jeunes chercheurs) sont de bons représentants de ce public d'honnêtes gens qui auront le désir de lire les classiques – ont besoin de davantage d'explications et d'éléments sur les textes anciens, qui ne sont plus maîtrisés dans l'enseignement secondaire. Le texte de Molière sera donc copieusement annoté.

Mille fois plus que l'annotation, la présentation de chaque pièce engage une interprétation des textes. Je n'y propose pas une herméneutique complète et définitive, et je n'ai pas de thèse à imposer à des textes si riches et si polyphoniques, dont, dans sa seule vie, un chercheur reprend inlassablement (et avec autant de bonheur!) le déchiffrement. Les indications et suggestions proposées au lecteur sont le fruit d'une méditation personnelle, mais toujours nourrie des recherches d'autrui qui, approuvées ou discutées, sont évidemment mentionnées.

En sus de l'apparat critique, le lecteur trouvera, en annexes ou en appendice, divers documents ou instruments (comme une chronologie) qui lui permettront de mieux contextualiser et de mieux comprendre les comédies de Molière.

Mais, malgré tous les efforts de l'éditeur scientifique, chaque lecteur de goût sera renvoyé à son déchiffrement, à sa rencontre personnelle avec le texte de Molière!

Nota bene :

1/ Les grandes éditions complètes modernes de Molière, que tout éditeur (et tout lecteur scrupuleux) est amené à consulter, sont les suivantes :

MOLIÈRE (Jean-Baptiste Poquelin, dit), *Œuvres*, éd. Eugène Despois et Paul Mesnard, Paris, Hachette et Cie, 13 volumes de 1873 à 1900 (Les Grands Écrivains de la France).

MOLIÈRE (Jean-Baptiste Poquelin, dit), *Œuvres complètes*, éd. Georges Couton, Paris, Gallimard, 1971, 2 vol. (La Pléiade).

MOLIÈRE (Jean-Baptiste Poquelin, dit), *Œuvres complètes*, édition dirigée par Georges Forestier avec Claude Bourqui, Paris, Gallimard, 2010, 2 vol. (La Pléiade).

2/ Signalons quelques études générales, classiques ou récentes, utiles pour la connaissance de Molière et pour la compréhension de son théâtre – étant entendu que chaque comédie sera dotée de sa bibliographie particulière :

BRAY, René, *Molière homme de théâtre*, Paris, Mercure de France, 1954.

CONESA, Gabriel, *Le Dialogue moliéresque. Étude stylistique et dramaturgique*, Paris, PUF, s.d. [1983] ; rééd. Paris, SEDES, 1992.

DANDREY, Patrick, *Molière ou l'esthétique du ridicule*, Paris, Klincksieck, 1992 ; seconde édition revue, corrigée et augmentée, en 2002.

DEFAUX, Gérard, *Molière ou les métamorphoses du comique : de la comédie morale au triomphe de la folie*, 2e éd., Paris, Klincksieck, 1992 (Bibliothèque d'Histoire du Théâtre) (1980).

DUCHÊNE, Roger, *Molière*, Paris, Fayard, 1998.

FORESTER, Georges, *Molière*, Paris, Gallimard, 2018.

GUARDIA, Jean de, *Poétique de Molière. Comédie et répétition*, Genève, Droz, 2007 (Histoire des idées et critique littéraire, 431).

JURGENS, Madeleine et MAXFIELD-MILLER, Élisabeth, *Cent ans de recherches sur Molière, sur sa famille et sur les comédiens de sa troupe*, Paris, Imprimerie nationale, 1963. – Complément pour les années 1963-1973 dans *R.H.T.*, 1972-4, p. 331-440.

MCKENNA, Anthony, *Molière, dramaturge libertin*, Paris, Champion, 2005 (Essais).

MONGRÉDIEN, Georges, *Recueil des textes et des documents du XVIIe siècle relatifs à Molière*, Paris, CNRS, 1965, 2 volumes.

PINEAU, Joseph, *Le Théâtre de Molière. Une dynamique de la liberté*, Paris-Caen, Les Lettres Modernes-Minard, 2000 (Situation, 54).

3/ Sites en ligne :

Tout Molière.net donne déjà une édition complète de Molière.

Molière 21, conçu comme complément à l'édition 2010 des *Œuvres complètes* dans la Pléiade, donne une base de données intertextuelles considérable et offre un outil de visualisation des variantes textuelles.

CHRONOLOGIE

(avril 1661 – mai 1662)

1661	1er-17 avril	Pendant la relâche de Pâques, Molière obtient deux parts pour lui ; en cas de mariage avec une actrice, le couple resterait à deux parts.
	24 juin	Création de *L'École des maris* ; Molière obtient le privilège d'impression le 9 juillet.
	17 août	Création des *Fâcheux*, comédie-ballet, à Vaux-le-Vicomte, chez Fouquet.
	20 août	Achevé d'imprimer de *L'École des maris*.
	5 septembre	Arrestation de Fouquet à Nantes.
	4 novembre	Première des *Fâcheux* au Palais-Royal.
1662	Janvier	Les comédiens italiens, de retour à Paris, partagent avec Molière la salle du Palais-Royal.
	23 janvier	Le contrat de mariage de Molière et d'Armande Béjart est signé. Le mariage aura lieu le 20 février, à Saint-Germain-l'Auxerrois.
	18 février	Achevé d'imprimer des *Fâcheux*.
	26 mars – 21 avril	Clôture de Pâques. Trois nouveaux acteurs entrent dans la troupe : Brécourt, La Thorillière et Armande Béjart. La troupe comprend quinze parts.

8-14 mai	Premier séjour de la troupe à la cour – à Saint-Germain-en-Laye, « pour le divertissement de Sa Majesté ».
24 juin – 11 août	Séjour de la troupe à Saint-Germain.
21 novembre	Achevé d'imprimer de *L'Étourdi*.
24 novembre	Achevé d'imprimer du *Dépit amoureux*.

L'ÉCOLE DES MARIS

INTRODUCTION

Après l'échec de *Dom Garcie*, la troupe se cantonna dans les spectacles de comédies. Pendant une longue relâche, Molière composa une comédie de format original – les trois actes italiens et l'alexandrin –, *L'École des maris*, donnée à partir du 24 juin 1661. Au Palais-Royal, cette nouvelle comédie accompagna le plus souvent une grande pièce en cinq actes – une tragédie (comme *Nicomède*, *Héraclius* ou *Rodogune* de Pierre Corneille), ou une comédie (comme des comédies de Scarron); mais pas toujours : *L'École des maris* a pu être donnée en tant que « grande pièce », complétée par *Sganarelle*, comme le 6 août. La pièce finit par s'imposer. Et elle fut fréquemment donnée lors des visites chez les grands personnages, d'ordinaire généreux en gratifications pour la troupe – à Paris, à Vaux-le-Vicomte, à Fontainebleau, pour telle grande dame, pour le Surintendant Fouquet, pour le roi ou les filles de la reine. C'est même la comédie de Molière qui arrive au second rang, après *Sganarelle*, pour le nombre des représentations du vivant de Molière (106).

C'est aussi la première comédie dont l'édition fut maîtrisée par lui, après les avanies qui entourèrent l'impression des *Précieuses* et de *Sganarelle*. Le Privilège du roi, pris pour sept années, rappelle les indélicatesses de Ribou, nommément cité, et veille solennellement à en protéger Molière, « notre aimé Jean-Baptiste Poquelin de Molière, comédien de la troupe de notre très cher et très aimé frère unique le duc d'Orléans ». Molière n'est pas encore directement au service de Louis, par la grâce de Dieu, roi de France et de Navarre, et sa troupe est encore protégée par Monsieur. *L'École des maris* est imprimée le 20 août, presque exactement deux mois après la première représentation.

Elle est naturellement et habilement dédicacée à Monsieur, le protecteur de la troupe de Molière, et bien présentée comme le premier ouvrage que Molière ait mis au jour. On retrouve dans cette dédicace la topique de ce genre d'écrits, mais dont Molière élude l'affligeante platitude et l'habituelle flagornerie en colorant le panégyrique obligé d'un humour supérieur. C'est sobrement et avec un fin sourire qu'il insiste sur la bassesse de l'offrande et s'excuse de dédier une « bagatelle » à l'Altesse royale. Bagatelle ? Voire.

DE BOCCACE À MOLIÈRE

Un naïf devenu, sans qu'il s'en rende compte, messager d'un amour qu'il réprouve : cela vient de Boccace, précisément de la troisième nouvelle de la troisième journée du *Décaméron*. L'idée passa au théâtre, d'abord chez Lope de Véga (*La discreta enamorada*) ; en France, et beaucoup plus proche de Molière, le comédien auteur Dorimond avait publié, au début de 1661, une petite comédie intitulée *La Femme industrieuse,* sur le même thème d'une femme qui veut faire savoir son amour à un galant et qui utilise pour ce message un entremetteur qui condamne les amours en question et encourage, en fait, le jeune amant au lieu de le rebuter. L'entremetteur involontaire est ici le Docteur, précepteur du jeune homme, et il va favoriser un adultère puisque Isabelle, la femme industrieuse, est en l'occurrence mariée au Capitaine, mari soupçonneux mais destiné au cocuage ; ce Capitaine, jaloux fantasque qui avait abandonné le domicile conjugal pour aller faire la guerre contre le royaume de Coquetterie – coquetterie, galanterie, préciosité : ensemble de mouvements qui intéressent fort le jugement de Molière depuis un certain nombre de mois ! – retrouvera envolée la femme qu'il avait encagée. En effet, Isabelle fait appeler le Docteur et, dans l'espérance que ses propos seront répétés au galant Léandre, se plaint de poursuites, imaginaires pour l'instant, de celui-ci. Le niais Docteur, persuadé de protéger la vertu d'Isabelle, met donc au courant Léandre, qui comprendra vite les appels de la dame et qui parviendra à ses fins, malgré un argus, le sot et grossier serviteur Trapolin, manipulé par les deux amants. Si Molière fit son profit de situations que lui proposait une autre *comedia* espagnole – *El marido hace mujer* (*C'est le mari qui fait la femme*) d'Antonio Hurtado de Mendoza (1631-1632) –, c'est surtout Dorimond qui constitua son point de départ immédiat. La farce de Dorimond, d'ailleurs, oppose déjà ceux qui revendiquent et obtiennent la liberté du désir et ceux qui s'y opposent et échouent à s'y opposer.

On imagine qu'il arrangea les sources que lui fournissait la tradition, déjà pour des raisons à la fois de vraisemblance et de bienséance. Il ne s'agit pas dans sa comédie d'un mari : le naïf berné est chez Molière un tuteur possessif et jaloux, joué et humilié à la veille d'épouser la fille qu'il a élevée pour en faire sa propriété, alors qu'elle est amoureuse d'un jeune homme ; le tuteur a nom Sganarelle – nouvel avatar du type moliéresque –, la fille Isabelle, comme chez Dorimond, et le galant Valère. Mais le coup de génie de Molière est d'avoir confié la charge d'entremetteur au jaloux

Sganarelle lui-même, qui monte la garde auprès de sa future.
Molière va donc éclairer la naïveté d'un nouveau personnage,
dont les mésaventures préconjugales effarouchent moins la
décence que les traditionnelles avanies d'un mari cocu. Et
le type de Sganarelle s'enrichit d'autant.

ENFERMER. DOMINER

Sganarelle, que son habillement, son humeur, ses doc-
trines retranchent de la société présente, prétend enfermer
sa pupille.

Il se définit lui-même par le refus, la volonté de se mettre
à l'écart. Son premier vers, le premier vers de la comédie ?
– « Mon frère, s'il vous plaît, ne discourons point tant ».
Enfermé dans ses certitudes et ses choix que les autres
désapprouvent comme dans une forteresse inexpugnable, il
est inaccessible aux arguments et aux conseils de son frère
aîné Ariste – avec quelle indélicatesse et combien de fois il
lui jette son âge à la figure ! – en matière d'éducation des
jeunes filles qu'ils doivent chacun un jour épouser ; il est
brusque, il insulte. Il ne démord de rien et son refus de la
mode vestimentaire s'étend à toutes les mœurs du présent[1]
et signale un personnage que le dramaturge montre socia-
lement isolé, comme retranché à l'écart des autres et du
train du monde. Un peu plus tard, quand Valère cherchera
à l'aborder (I, 3), celui qui réprouve de tout son être « les
mœurs de maintenant » (vers 266), « les sottises du temps »

---

1   Encore en II, 6, il chantera les louanges des édits somptuaires de
     Louis XIV, dont il souhaiterait qu'ils s'étendissent, au-delà des ajuste-
     ments et des parures, à la coquetterie en général.

(vers 278), manifestera son incivilité : au sens propre, il est inabordable ; et quand il daignera admettre la présence d'autrui, ce sera pour l'évincer le plus vite possible en cassant de toutes les manières la possibilité d'un dialogue que Valère tente désespérément d'amorcer. Ses réponses, qui dépassent rarement des phrases de trois mots, se couronnent d'un « Serviteur », qui prend brutalement congé. Un « bizarre fou » qui « a le repart brusque et l'accueil loup-garou », « un sauvage », commentent Valère et son valet Ergaste[2] après l'inconduite de Sganarelle. Avec les mêmes, il aura l'occasion de montrer encore son incivilité, en II, 2.

Ce décalage du personnage d'avec autrui donne à rire. Plus inquiétante s'avèrent ses prétentions à séparer aussi du monde sa pupille afin de la garder pour lui. Obsédé par les contacts pernicieux que pourrait avoir Isabelle avec l'extérieur, il la contraint « à ne point voir le monde » et la relègue dans sa chambre ; sa première parole à l'adresse de la jeune fille est une interdiction, une interdiction d'accompagner sa sœur Léonor, l'autre pupille (celle d'Ariste) à la promenade : « je vous défends, s'il vous plaît, de sortir[3] ». Il s'explique volontiers sur les raisons de cette attitude tyrannique. « Je ne veux point porter de cornes, si je puis », affirme-t-il en conclusion d'une tirade où il précise sa doctrine[4]. Isabelle devra vivre à la fantaisie de son époux ; vêtue modestement, enfermée au logis, elle devra se consacrer aux choses du ménage, « en personne bien sage », et non pas écouter les muguets ; pour éviter la tentation, elle ne sortira qu'accompagnée. Voilà les garanties grâce auxquelles Sganarelle pense conjurer les risques du cocuage. Il s'agit bien d'enfermer celle qui « est destinée à l'honneur de ma

---

2   Vers 309, 310 et 312.
3   I, 2, v. 89.
4   *Ibid.*, vers 115-128.

couche » (vers 404), comme il le dit avec un aplomb aussi révoltant que significatif et réjouissant.

La gravité apparaît alors : pour se réserver et se préserver la jeune fille, il lui faut la priver de la liberté et de l'être, imposer sa domination absolue sur celle qu'il appelle déjà sa « petite femme ». Odieuse et diabolique prétention que cette *libido dominandi*. Un thème est ici exposé, qui sera repris, approfondi et beaucoup plus développé dans l'autre *École*, *L'École des femmes*, et avec quel génie ! Cette volonté de domination est non seulement inquiétante, mais aussi absurde. Ariste, partisan au contraire de laisser la liberté aux jeunes filles, secondé par Lisette, la suivante de bon sens et au parler dru, l'avertissent de son illusion et de son échec futur ; en vain. Comme l'avaient montré nombre de comédies contemporaines, l'enfermement des femmes ou des filles est voué à l'échec.

LES MÉCANISMES

De fait, l'argus est cruellement berné puisqu'Isabelle, parvenant à jouer de la crédulité du jaloux, le transforme en principal artisan de son malheur. Au long des trois actes, l'intrigue se contente de mettre en scène ces réjouissantes tromperies.

Le mécanisme psychologique : à partir du moment où Isabelle se dit offensée des poursuites du jeune homme (poursuites parfaitement imaginaires pour l'instant, et qu'elle veut en réalité provoquer), elle confirme chez Sganarelle l'image qu'il se fait d'elle – une fille chaste et très fort pointilleuse sur la vertu, qui languit même dans l'attente du mariage avec son tuteur. Saisissons, parmi d'autres, ce dialogue en II, 7 :

ISABELLE

J'attends votre retour avec impatience.
Hâtez-le, s'il vous plaît, de tout votre pouvoir ;
Je languis quand je suis un moment sans vous voir.

SGANARELLE

Va, pouponne, mon cœur, je reviens tout à l'heure.
Est-il une personne et plus sage et meilleure ?
Ah ! que je suis heureux ! et que j'ai de plaisir
De trouver une femme au gré de mon désir[5] !

Aveuglé, le naïf tombe dans le panneau et devient inno-cemment, stupidement et consciencieusement, le messager d'amour entre Isabelle et Valère, à son propre détriment.

Le mécanisme dramaturgique fonctionne admirable-ment, se répète – mais avec la variété qui ne le rend pas lassant – et va crescendo. Le problème à résoudre est celui de la communication[6] : comment enclencher et réaliser la communication entre Isabelle et Valère, contre la volonté et à l'insu de Sganarelle ?

Première initiative d'Isabelle : elle a envoyé le tuteur prier Valère de ne plus la poursuivre de ses vœux. À la vérité, Sganarelle est assez sot, car il ne comprend pas la double intention de la jeune fille : apparemment (à l'intention de Sganarelle), faire chasser le galant ; en réalité (à l'intention de Valère), inviter ce dernier, au contraire, à faire sa poursuite de la fille ; et Sganarelle interprète de travers les réactions de Valère, qu'il croit confondre (II, 2). Il est donc plein du bonheur de voir Isabelle telle qu'il l'a voulue :

---

5 Vers 672-678.
6 Voir l'intéressante analyse de Jacques Scherer : « La communication dans *L'École des maris* », article de 1992 repris dans son *Molière, Marivaux, Ionesco...*, 2007, p. 153-157.

>   […] Elle montre le fruit
> Que l'éducation dans une âme produit ;
> La vertu fait ses soins, et son cœur s'y consomme
> Jusques à s'offenser des seuls regards d'un homme[7].

De telles dispositions autorisent l'invention par Isabelle d'autres stratagèmes, de plus en plus audacieux, et menés avec beaucoup d'assurance. Aussitôt après ce premier succès d'Isabelle, le tuteur doit convoquer Valère et lui rendre une boîte et un billet qu'Isabelle a prétendu envoyés par Valère, le billet engageant Valère, en réalité, à empêcher le mariage d'Isabelle avec le tuteur (II, 3 à 5) ; et Sganarelle accomplit sa mission en rapportant au plus près les paroles d'Isabelle ! Le bonhomme est toujours persuadé que la seule vertu pousse Isabelle à l'envoyer auprès du muguet pour éloigner celui-ci, qui fait mine d'accepter son triste sort. Si bien que, dans le même acte II, nous assistons à un troisième et dernier va-et-vient de Sganarelle entre les deux amants (II, 7 à 9) : prétextant sa volonté de faire savoir à Valère qu'elle refuse l'enlèvement qu'il lui aurait proposé (c'est encore imaginaire), Isabelle fait comprendre, par l'entremise du tuteur toujours, à Valère qu'il devra enlever la fille. De sa propre initiative, Sganarelle pousse même le zèle jusqu'à mettre en présence l'un de l'autre les deux jeunes gens, leur donnant la possibilité de s'avouer leur amour et de décider l'enlèvement. Une fois encore, cela est possible parce que Sganarelle, persuadé de la vertu et de la fidélité d'Isabelle, ne peut pas saisir l'ambiguïté des propos échangés entre Isabelle et Valère, qui permettent deux interprétations : celle du naïf qui se croit aimé et celle des amoureux qui prennent leurs dispositions pour satisfaire leur amour. Et pour la dernière fois fonctionne

---

7   Vers 445-448.

une double communication : une communication manifeste à destination de Sganarelle, et une communication cachée entre les amoureux.

C'était assez de répétitions, surtout dans un seul acte. La dernière scène de cet acte fait surgir une sorte de péripétie : Sganarelle veut tout à coup avancer son mariage (décision psychologiquement fondée chez Sganarelle, qui croit qu'Isabelle répond impatiemment à son désir, et qui fait Isabelle au fond la victime de ses propres ruses et de ses propres mensonges !). D'où le problème dramatique du dernier acte : comment parer cet imprévu ? Le tuteur aveugle croira les derniers mensonges inventés par Isabelle pour s'échapper chez Valère – d'autant plus aisément que cela lui donne le plaisir de se sentir supérieur à son frère le libéral Ariste, qu'il croit trahi par Léonor. Au passage, on saisit ici chez Sganarelle une réelle méchanceté à l'égard de ce frère aîné dont le libéralisme lui est insupportable. On sait comment s'achève cet acte nocturne, qui voit le comble de la disgrâce infligée au tuteur par ce « sexe trompeur » : sans examiner laquelle des deux sœurs se trouve auprès de Valère, alors qu'il croit marier Léonor avec Valère, il oblige en fait Valère à épouser… Isabelle. Le dragon surveillant aura été réduit à l'impuissance.

Sganarelle est donc bien, de bout en bout, l'auteur du malheur qu'il était sûr d'éviter. Autant que la bêtise de Sganarelle est remarquable l'habileté d'Isabelle. Non point une ingénue, comme le sera Agnès, si belle figure de jeune fille qui passe de l'ignorance à la conscience par l'amour. Mais une jeune fille galvanisée par la nécessité, jeune oiseau amoureux qui veut s'envoler de sa cage, qui est prête à toutes les ruses et à toutes les audaces, aux projets les plus hardis et les plus inadmissibles pour y parvenir, et qui montre une belle confiance en son amant, à qui elle n'a pas encore

parlé. Une jeune fille qui aura pris toutes les initiatives.
Au nombre de celles-ci, il faut faire une place importante
à la belle lettre qu'elle fait parvenir à Valère et dont j'isole
un passage assez délicieux. Sur le point d'étouffer dans un
mariage honni avec Sganarelle, elle s'en affranchit « par
quelque voie que ce soit » : « j'ai cru que je devais plutôt
vous choisir que le désespoir ». L'aveu est ingénu, mais elle
sent ce qu'il a de maladroit et de blessant pour Valère ; et
elle ajoute aussitôt, préludant à une déclaration explicite :
« Ne croyez pas pourtant que vous soyez redevable de tout
à ma mauvaise destinée : ce n'est pas la contrainte où je me
trouve qui a fait naître les sentiments que j'ai pour vous ».
Délicieux, et un peu retors dans l'écriture, pourrait-on
penser.... Mettons cela sur le compte de l'urgence ! Isabelle
présente ainsi un mélange de fraîcheur et d'habileté[8], dans
l'action et dans la parole ; voyez encore sa parfaite maîtrise
du langage amphibologique, au deuxième acte.

LA PENSÉE

L'habileté de l'écriture – écriture scénique, écriture
dramaturgique, écriture du dialogue – ne doit pas faire
oublier le sérieux du propos idéologique. Le parallélisme
et l'opposition qui structurent la configuration des personnages rejoignent la pensée : les deux sœurs ont été
confiées comme pupilles à deux frères, tous deux barbons,
mais radicalement opposés et qui présentent des points de

---

8   Voir Robert Garapon, « Le langage des amoureux dans le théâtre de
     Molière », [in] *La Peinture des passions de la Renaissance à l'âge classique*,
     1995, p. 355-362.

vue radicalement inconciliables sur la manière d'éduquer les filles, sur la place de la femme dans le mariage et plus largement dans la vie sociale. En une autre manière, la méditation de Molière se poursuit sur les problèmes de la société de son temps.

Nous avons vu la doctrine de Sganarelle, chez qui la volonté de puissance et l'égoïsme entraînent une volonté d'enfermement et d'étouffement de la jeune fille, qui changerait à peine de prison en se mariant. Cette doctrine étale son ridicule et la comédie scelle son échec.

En face de ce fou malgracieux et dangereux, Molière campe un personnage plus âgé, un symbole du meilleur comportement – un Ariste –, dont les idées sont tout autres. Ariste est de son temps et suit la *raison* commune ; avec équilibre et retenue, il s'accommode au temps présent et à ses mœurs. Malgré son âge (il cache ses cheveux blancs sous une perruque noire, selon la mode du temps, lui jette aigrement son frère), il est soucieux de sa personne, de son ajustement, de la joie qu'il peut encore tirer de la vie. Et pourquoi non ? « Comme si – dit-il en quelques vers fort dignes –, condamnée à ne plus rien chérir,

> La vieillesse devait ne songer qu'à mourir,
> Et d'assez de laideur n'est pas accompagnée,
> Sans se tenir encor malpropre et rechignée[9]. »

À l'égard de sa pupille, il fait doctrine d'un libéralisme qui choque Sganarelle. Il laisse à Léonor la bride sur le cou : la jeune fille peut sortir, se divertir, au risque des galantes compagnies, se parer, se laisser aller « à ses jeunes désirs » (vers 185) ; la meilleur école est encore l'école du monde. C'est même, paradoxalement, sur cette liberté donnée à

---

9   I, 1, vers 61-64.

Léonor et sur sa complaisance de tuteur qu'Ariste fonde sa confiance en la jeune fille. Léonor devait épouser son tuteur, mais il la laissera libre d'accepter ou non ce mariage – en entière liberté. Une identique liberté est envisagée dans la vie conjugale pour le cas où Léonor épouserait Ariste, au grand scandale de Sganarelle, qui voit la future épouse en proie à toutes les tentations, à tous les libertinages, et son frère destiné au cocuage. Imbu de sa supériorité masculine, méprisant la femme encline à la coquetterie et l'inconduite, Sganarelle ne voit d'autre solution que de la garder jalousement enfermée loin du monde mauvais. Plus proche évidemment des mœurs de la galanterie, Ariste se défend de toute jalousie et fonde son éducation et tout son rapport avec la femme sur la confiance. On pourrait dire aussi[10] que Sganarelle avec sa doctrine de la soumission et de la discipline de la femme mariée, est un partisan de la Réforme catholique, alors qu'Ariste défend le point de vue des mondains.

Dans ce débat de la société du temps, on voit de quel côté se situe Molière, peintre derechef des questions contemporaines. Le libéralisme en matière féminine est le seul raisonnable et la comédie renvoie l'homme de l'ancien temps à la vindicte et à l'échec pour avoir nié les revendications d'une jeune fille qui se veut libre et s'emploie effectivement à sa libération. C'était, à travers le plaisir du jeu comique, prendre parti pour un certain féminisme, qui avait de quoi choquer tous les traditionnalistes.

Du grand Molière, cette *École des maris* ? Pas encore tout à fait, selon moi. A-t-on remarqué que le discours idéologique se cantonne exclusivement à l'acte I, et que le

---

10   Avec Jean Calvet, *Essai sur la séparation de la religion et de la vie. I. Molière est-il chrétien ?*, s. d. [1950].

développement des tromperies emplit l'acte II et, avec la bifurcation dite, l'acte III, sans que les deux derniers actes n'ajoutent quoi que ce soit ni au propos idéologique ni, d'ailleurs, aux protagonistes. La dramaturgie comique et la pensée sont comme juxtaposées, la dramaturgie illustrant en quelque sorte l'échec d'un point de vue préalablement exposé. Le plus grand art consistera à mêler intimement, inextricablement, la pensée morale et le développement des personnages à la progression de l'intrigue.

Cette étape sera franchie avec *L'École des femmes*, comme si Molière, au-delà du simple parallélisme des titres – tempéré, au demeurant, car si l'échec de Sganarelle est une école pour les « maris loups-garous » (comme dit joliment Lisette au vers 1113 et avant-dernier), la seconde *École* montre surtout, outre que l'échec d'Arnolphe est une école pour les tuteurs possessifs et dominateurs, de manière analogue à celui de Sganarelle, que l'amour est une école pour les filles – autre leçon qui n'est qu'en germe dans la première *École*.

LE TEXTE

Nous suivons comme toujours l'édition originale, qui se présente ainsi :

L'ESCOLE / DES / MARIS, / *COMEDIE*, / De I. B. P. MOLIERE. / *REPRESENTEE SVR LE* / *Theatre du Palais Royal*. / A PARIS, / Chez CLAVDE BARBIN, dans la / grd'[*sic*] Salle du Palais, au Signe / de la Croix. / M. DC. LXI. / AVEC PRIVILEGE DV ROY. In-12 :

[I-XII : Frontispice, Titre, Dédicace, Personnages] ; 1-65
(texte de la pièce) ; [66-72 : Privilège ; feuillet blanc].

Le privilège accordé pour sept ans à Molière a été cédé
par lui à Charles de Sercy, qui s'est associé avec Guillaume
de Luyne, Jean Guignard, Claude Barbin et Gabriel Quinet.

Un exemplaire est conservé à la Bibliothèque de la
Sorbonne, sous la cote : VCR 6 = 11003.

BIBLIOGRAPHIE

Mazouer, Charles, « Les *Écoles* au théâtre jusqu'à Marivaux », *Revue Marivaux*, n° 3, décembre 1992, p. 5-19.

Scherer, Jacques, « La communication dans *L'École des maris* », article de 1992 repris dans *Molière, Marivaux, Ionesco... 60 ans de critique*, Saint-Genouph, Nizet, 2007.

Stenzel, Hartmut, « Écriture comique et remise en ordre politique : Molière et le tournent de 1661 ou de *L'École des maris* à *L'École des femmes* », [in] *Ordre et contestation au temps des classiques*, p. p. Roger Duchêne et Pierre Ronzeaud, Paris-Seattle-Tübingen, *Papers on French Seventeenth-Century Literature*, 1992, t. I, p. 87-98 (*Biblio 17, 73*).

Hawcroft, Michael, Molière *: reasoning with fools*, Oxford, Oxford University Press, 2007.

L'ÉCOLE DES MARIS,

COMÉDIE

De J.-B. P. Molière

REPRÉSENTÉE SUR LE
Théâtre du Palais-Royal

À PARIS

Chez CLAUDE BARBIN, dans la
Grand'Salle du Palais, au Signe
de la Croix.

M. DC. LXI

AVEC PRIVILÈGE DU ROI.

À MONSEIGNEUR [n. p.]
LE DUC D'ORLÈANS,
FRÈRE UNIQUE DU ROI

Monseigneur,

Je fais voir ici à la France des choses bien [ã ij] [n. p.] peu proportionnées. Il n'est rien de si grand et de si superbe, que le nom que je mets à la tête de ce livre ; et rien de plus bas que ce qu'il contient. Tout le monde trouvera cet assemblage étrange ; et quelques-uns pourront bien dire, pour en exprimer l'inégalité, que c'est poser [n. p.] une couronne de perles et de diamants sur une statue de terre, et faire entrer par des portiques magnifiques et des arcs triomphaux superbes dans une méchante cabane. Mais, MONSEIGNEUR, ce qui doit me servir d'excuse, c'est qu'en cette aventure je n'ai eu [ã iij] [n. p.] aucun choix à faire, et que l'honneur que j'ai d'être à VOTRE ALTESSE ROYALE m'a imposé une nécessité absolue de lui dédier le premier ouvrage que je mets de moi-même au jour[1]. Ce n'est pas un présent que je lui fais ; c'est un devoir dont je m'acquitte ; et les hommages ne sont [n. p.] jamais regardés par les choses qu'ils portent. J'ai donc osé, MONSEIGNEUR, dédier une bagatelle à VOTRE ALTESSE ROYALE, parce que je n'ai pu m'en dispenser ; et si je me dispense ici de m'étendre

---

1   De fait, *L'Étourdi* et *Le Dépit amoureux* ne seront imprimés qu'en 1662 ; *Les Précieuses ridicules* ont été imprimées malgré Molière (voir la Préface de cette pièce) ; pour *Sganarelle*, l'édition a été faite à son insu, « à son préjudice et dommage », dit le Privilège de *L'École des maris* ; et nous avons vu que *Dom Garcie de Navarre* ne fut pas publié du vivant de Molière. *L'École des maris* est donc bien le premier ouvrage que Molière met au jour de son plein gré.

sur les belles et glorieuses vérités qu'on pourrait dire d'Elle, c'est par [n. p.] la juste appréhension que ces grandes idées ne fissent éclater encore davantage la bassesse de mon offrande. Je me suis imposé silence pour trouver un endroit plus propre à placer de si belles choses, et tout ce que j'ai prétendu dans cette épître, c'est de justifier mon action à [n. p.] toute la France, et d'avoir cette gloire de vous dire à vous-même, MONSEIGNEUR, avec toute la soumission possible, que je suis,

De Votre Altesse royale,

Le très humble, très obéissant,
et très fidèle serviteur,
J.-B. P. MOLIÈRE.

LES PERSONNAGES

SGANARELLE,
ARISTE, } frères[2].

ISABELLE,
LÉONOR, } sœurs.

LISETTE, suivante de Léonor.
VALÈRE, amant d'Isabelle.
ERGASTE, valet de Valère.
LE COMMISSAIRE.
LE NOTAIRE.

La scène est à Paris.

---

2   Molière tenait le rôle de Sganarelle (et son costume nous est connu par l'inventaire après décès), et L'Espy probablement celui d'Ariste.

L'ÉCOLE DES MARIS,

Comédie

ACTE PREMIER

Scène PREMIÈRE

SGANARELLE, ARISTE

SGANARELLE

Mon frère, s'il vous plaît, ne discourons point tant,
Et que chacun de nous vive comme il l'entend.
Bien que sur moi des ans vous ayez l'avantage,
Et soyez assez vieux pour devoir être sage,
5   Je vous dirai pourtant que mes intentions   [A] [2]
Sont de ne prendre point de vos corrections³,
Que j'ai pour tout conseil ma fantaisie à suivre,
Et me trouve fort bien de ma façon de vivre.

ARISTE

Mais chacun la condamne.

SGANARELLE

                                    Oui, des fous comme vous,
10   Mon frère.

ARISTE

Grand merci, le compliment est doux.

---

3   Diérèses significatives à la rime.

SGANARELLE

Je voudrais bien savoir, puisqu'il faut tout entendre,
Ce que ces beaux censeurs en moi peuvent reprendre.

ARISTE

Cette farouche humeur, dont la sévérité
Fuit toutes les douceurs de la société,
15 À tous vos procédés inspire un air bizarre,
Et jusques à l'habit, vous rend chez vous barbare[4].

SGANARELLE

Il est vrai qu'à la mode il faut m'assujettir,
Et ce n'est pas pour moi que je me dois vêtir !
Ne voudriez-vous point, par vos belles sornettes,
20 Monsieur mon frère aîné (car Dieu merci vous l'êtes
D'une vingtaine d'ans, à ne nous[5] rien celer,
Et cela ne vaut point la peine d'en parler),
Ne voudriez-vous point, dis-je, sur ces matières,
De vos jeunes muguets[6] m'inspirer les manières,
25 M'obliger à porter de ces petits chapeaux[7]
Qui laissent éventer leurs débiles cerveaux,
Et de ces blonds cheveux de qui la vaste enflure
Des visages humains offusquent la figure[8] ?
De ces petits pourpoints sous les bras se perdant,

---

4   Sauvage.
5   1682 a la leçon *vous*, qui ne s'impose pas.
6   Un *muguet* est un « galant, coquet, qui fait l'amour aux dames, qui est
    paré et mis bien pour leur plaire », selon Furetière. Richelet signale
    que le mot « est un peu vieux » – donc à sa place dans le vocabulaire de
    Sganarelle.
7   La mode avait chassé les grands chapeaux au bénéfice des petits chapeaux.
8   Comme la mode des perruques est récente, les muguets portent peut-
    être tout simplement les cheveux longs. Les cheveux empêchent de voir
    (*offusquent*) la forme (*la figure*) des visages.

30   Et de ces grands collets jusqu'au nombril pendant[9] ?
        De ces manches qu'à table on voit tâter les sauces,   [3]
        Et de ces cotillons appelés hauts-de-chausses[10] ?
        De ces souliers mignons de rubans revêtus,
        Qui vous font ressembler à des pigeons pattus[11] ?
35   Et de ces grands canons[12], où comme en des entraves
        On met tous les matins ses deux jambes esclaves,
        Et par qui nous voyons ces messieurs les galants
        Marcher écarquillés aussi que des volants ?
        Je vous plairais sans doute équipé de la sorte,
40   Et je vous vois porter les sottises qu'on porte.

                          ARISTE
        Toujours au plus grand nombre on doit s'accommoder,
        Et jamais il ne faut se faire regarder.
        L'un et l'autre excès choque, et tout homme bien sage
        Doit faire des habits ainsi que du langage,
45   N'y rien trop affecter, et sans empressement
        Suivre ce que l'usage y fait de changement.
        Mon sentiment n'est pas qu'on prenne la méthode
        De ceux qu'on voit toujours renchérir sur la mode,
        Et qui dans ses excès, dont ils sont amoureux,

---

9   Le *pourpoint* couvrait le corps du cou à la ceinture, comme un gilet ou
    une veste. Par dessus, les gens du monde plaçaient un grand rabat, un
    grand col ou *collet*.
10 Des manches du pourpoint sortaient des manches de linge bouffantes,
    susceptibles de tremper dans les plats. Les *hauts-de-chausses* couvraient
    les fesses, le ventre et les cuisses (Furetière). Ces culottes étaient si larges
    que Sganarelle se moque d'elles en les traitant de *cotillons*, c'est-à-dire
    de jupes.
11 Des *pigeons pattus* « ont de la plume jusque sur les pieds », selon le dic-
    tionnaire de l'Académie.
12 Ces ornements de dentelle s'attachaient au-dessus des genoux. Évasés
    par le bas, les canons obligeaient le muguet à marcher quelque peu les
    jambes écartées et pouvaient faire ressembler ses jambes au projectile
    du jeu de *volant* des enfants.

50   Seraient fâchés qu'un autre eût été plus loin qu'eux ;
      Mais je tiens qu'il est mal, sur quoi que l'on se fonde,
      De fuir obstinément ce que suit tout le monde,
      Et qu'il vaut souffrir d'être au nombre des fous,
      Que du sage parti se voir seul contre tous.

                        SGANARELLE
55   Cela sent son vieillard, qui pour en faire accroire[13],
      Cache ses cheveux blancs d'une perruque noire.

                        ARISTE
      C'est un étrange fait du soin que vous prenez[14]
      À me venir toujours jeter mon âge au nez,
      Et qu'il faille qu'en moi sans cesse je vous voie
60   Blâmer l'ajustement aussi bien que la joie ;
      Comme si, condamnée à ne plus rien chérir,   [A ij] [4]
      La vieillesse devait ne songer qu'à mourir,
      Et d'assez de laideur n'est pas accompagnée,
      Sans se tenir encor malpropre et rechignée[15].

                        SGANARELLE
65   Quoi qu'il en soit, je suis attaché fortement
      À ne démordre point de mon habillement :
      Je veux une coiffure en dépit de la mode,
      Sous qui toute ma tête ait un abri commode ;
      Un bon pourpoint bien long et fermé comme il faut,
70   Qui pour bien digérer tienne l'estomac chaud ;
      Un haut-de-chausses fait justement pour ma cuisse ;
      Des souliers où mes pieds ne soient point au supplice,

---

13   Pour faire croire qu'il est plus jeune.
14   Le souci que vous prenez de me jeter mon âge à la figure est vraiment
     quelque chose d'anormal, de scandaleux.
15   Sans élégance (*malpropre*) et maussade, renfrognée (*rechignée*).

Ainsi qu'en ont usé sagement nos aïeux.
Et qui me trouve mal, n'a qu'à fermer les yeux.

Scène II

LÉONOR, ISABELLE, LISETTE,
ARISTE, SGANARELLE[16]

LÉONOR, *à Isabelle.*

75   Je me charge de tout, en cas que l'on vous gronde.

LISETTE, *à Isabelle.*

Toujours dans une chambre à ne point voir le monde ?

ISABELLE

Il est ainsi bâti.

LÉONOR

Je vous en plains, ma sœur.

LISETTE[17]   [5]

Bien vous prend que son frère ait toute une autre
                                        [humeur[18],
Madame, et le destin vous fut bien favorable
80   En vous faisant tomber aux mains du raisonnable.

ISABELLE

C'est un miracle encor qu'il ne m'ait aujourd'hui
Enfermée à la clé, ou menée avec lui

---

16   Ariste et Sganarelle parlent bas ensemble sur le théâtre, sans être d'abord
     aperçus du groupe des femmes.
17   *À Léonor.*
18   *Humeur* : caractère, tempérament. *Toute une autre humeur* : une tout autre
     humeur.

LISETTE

Ma foi, je l'enverrais au diable avec sa fraise[19],
Et…

SGANARELLE[20]

Où donc allez-vous, qu'il ne vous en déplaise ?

LÉONOR

85 Nous ne savons encore, et je pressais ma sœur
De venir du beau temps respirer la douceur.
Mais…

SGANARELLE

Pour vous, vous pouvez aller où bon vous
                                              [semble ;
Vous n'avez qu'à courir, vous voilà deux ensemble[21].
Mais vous, je vous défends, s'il vous plaît, de sortir.

ARISTE

90 Eh ! laissez-les, mon frère, aller se divertir.

SGANARELLE

Je suis votre valet[22], mon frère.

---

19 La *fraise* : « ornement de toile qu'on mettait autrefois autour du col en
    guise d'un collet, laquelle avait trois ou quatre rangs et était plissée,
    empesée et gauderonnée [*gauderonner*, c'est faire de gros plis sur le tissu ;
    on gauderonne une fraise] » (Furetière). La fraise était à la mode à la fin
    du règne d'Henri IV…
20 Les jeunes filles tombent sur les tuteurs et Sganarelle s'adresse aussitôt
    à Léonor.
21 Avec qui Léonor fait-elle la paire ? Avec son tuteur Ariste probablement.
    Après ce vers, Sganarelle se tourne vers sa pupille.
22 Formule de refus.

ARISTE

La jeunesse

Veut…

SGANARELLE

La jeunesse est sotte, et parfois la vieillesse.

ARISTE

Croyez-vous qu'elle est mal d'être avec Léonor ?

SGANARELLE

Non pas, mais avec moi, je la crois mieux encor.

ARISTE   [A iij] [6]

95   Mais…

SGANARELLE

Mais ses actions de moi doivent dépendre,
Et je sais l'intérêt enfin que j'y dois prendre.

ARISTE

À celles de sa sœur ai-je un moindre intérêt ?

SGANARELLE

Mon Dieu, chacun raisonne et fait comme il lui plaît.
Elles sont sans parents, et notre ami leur père
100   Nous commit leur conduite à son heure dernière ;
Et nous chargeant tous deux, ou de les épouser,
Ou sur notre refus un jour d'en disposer,
Sur elles, par contrat, nous sut dès leur enfance,
Et de père et d'époux donner pleine puissance.
105   D'élever celle-là vous prîtes le souci,
Et moi je me chargeai du soin de celle-ci ;
Selon vos volontés vous gouvernez la vôtre,

Laissez-moi, je vous prie, à mon gré régir l'autre.

ARISTE
Il me semble...

SGANARELLE
Il me semble, et je le dis tout haut,
110   Que sur un tel sujet, c'est parler comme il faut.
Vous souffrez[23] que la vôtre aille leste[24] et pimpante,
Je le veux bien ; qu'elle ait et laquais et suivante,
J'y consens ; qu'elle coure, aime l'oisiveté,
Et soit des damoiseaux fleurée[25] en liberté,
115   J'en suis fort satisfait. Mais j'entends que la mienne
Vive à ma fantaisie, et non pas à la sienne ;
Que d'une serge honnête elle ait son vêtement,
Et ne porte le noir qu'aux bons jours seulement[26] ;
Qu'enfermée au logis en personne bien sage,
120   Elle s'applique toute aux choses du ménage,
À recoudre mon linge aux heures de loisir,   [7]
Ou bien à tricoter quelque bas par plaisir ;
Qu'aux discours des muguets elle ferme l'oreille,
Et ne sorte jamais sans avoir qui la veille[27].
125   Enfin la chair est faible[28], et j'entends tous les bruits[29].

---

23 Vous supportez.
24 Élégante.
25 On pouvait dire *fleurer* ou *flairer*, et « flairer » se prononçait ordinairement
    fleurer.
26 La *serge* était considérée comme une étoffe commune. *Le noir*, couleur
    des vêtements recherchés, se portait *les bons jours* – dimanches et jours
    de fête.
27 Sans avoir quelqu'un qui la surveille.
28 « L'esprit est ardent mais la chair est faible », dit le Christ à ses disciples
    endormis alors qu'il est en agonie au mont des Oliviers (Matthieu, 26,
    41 ; Marc, 14, 38).
29 Toutes les rumeurs.

Je ne veux point porter de cornes, si je puis,
Et comme à m'épouser sa fortune l'appelle,
Je prétends corps pour corps pouvoir répondre d'elle[30].

ISABELLE

Vous n'avez pas sujet, que je crois[31]…

SGANARELLE

Taisez-vous ;
130   Je vous apprendrai bien s'il faut sortir sans nous.

LÉONOR

Quoi donc, Monsieur… ?

SGANARELLE

Mon Dieu, Madame,
[sans langage[32],
Je ne vous parle pas, car vous êtes trop sage.

LÉONOR

Voyez-vous Isabelle avec nous à regret ?

SGANARELLE

Oui, vous me la gâtez, puisqu'il faut parler net.
135   Vos visites ici ne font que me déplaire,
Et vous m'obligerez de ne nous en plus faire.

LÉONOR

Voulez-vous que mon cœur vous parler net aussi ?
J'ignore de quel œil elle voit tout ceci,

---

30 Comme un geôlier qui répond d'un prisonnier qui est en sa garde *corps pour corps* (Furetière).
31 *Que je crois* : à ce que je crois (le relatif que réfère à un énoncé).
32 *Sans langage* : sans parler davantage.

Mais je sais ce qu'en moi ferait la défiance ;
140   Et quoiqu'un même sang nous ait donné naissance,
Nous sommes bien peu sœurs s'il faut que chaque
[jour
Vos manières d'agir lui donnent de l'amour.

LISETTE

En effet, tous ces soins[33] sont des choses infâmes.
Sommes-nous chez les Turcs pour renfermer les
[femmes ?
145   Car on dit qu'on les tient esclaves en ce lieu,   [A iiij] [8]
Et que c'est pour cela qu'ils sont maudits de Dieu.
Notre honneur est, Monsieur, bien sujet à faiblesse,
S'il faut qu'il ait besoin qu'on le garde sans cesse.
Pensez-vous, après tout, que ces précautions
150   Servent de quelque obstacle à nos intentions,
Et quand nous nous mettons quelque chose à la tête,
Que l'homme le plus fin ne soit pas une bête ?
Toutes ces gardes-là sont visions de fous ;
Le plus sûr est ma foi de se fier en nous.
155   Qui nous gêne[34] se met en un péril extrême,
Et toujours notre honneur veut se garder lui-même.
C'est nous inspirer presque un désir de pécher
Que montrer tant de soins de nous en empêcher ;
Et si par un mari je me voyais contrainte,
160   J'aurais fort grande pente à confirmer sa crainte.

SGANARELLE

Voilà, beau précepteur[35], votre éducation,
Et vous souffrez cela sans nulle émotion.

---

33 Toutes ces précautions.
34 Qui nous soumet à une contrainte pénible.
35 Sganarelle s'adresse à Ariste.

ARISTE

Mon frère, son discours ne doit que faire rire ;
Elle a quelque raison en ce qu'elle veut dire.
165 Leur sexe aime à jouir d'un peu de liberté,
On le retient fort mal par tant d'austérité,
Et les soins défiants, les verrous et les grilles
Ne font pas la vertu des femmes ni des filles.
C'est l'honneur qui les doit tenir dans le devoir,
170 Non la sévérité que nous leur faisons voir[36].
C'est une étrange[37] chose, à vous parler sans feinte,
Qu'une femme qui n'est sage que par contrainte ;
En vain sur tous ses pas nous prétendons régner,
Je trouve que le cœur est ce qu'il faut gagner,
175 Et je ne tiendrais, moi, quelque soin qu'on se donne, [9]
Mon honneur guère sûr aux mains d'une personne
À qui, dans les désirs qui pourraient l'assaillir,
Il ne manquerait rien qu'un moyen de faillir.

SGANARELLE

Chansons que tout cela.

ARISTE

                              Soit ; mais je tiens sans cesse
180 Qu'il nous faut en riant instruire la jeunesse,
Reprendre ses défauts avec grande douceur,
Et du nom de vertu ne lui point faire peur.
Mes soins pour Léonor ont suivi ces maximes :
Des moindres libertés je n'ai point fait des crimes[38],

---

36 Les vers 169-170, comme les vers 175-178 et 253-258, sont inspirés des
    Adelphes de Térence, où le comique latin oppose un éducateur complaisant
    à un éducateur extrêmement sévère.
37 C'est une chose extraordinaire, exceptionnelle.
38 *Crime* : tache, faute grave.

185   À ses jeunes désirs j'ai toujours consenti,
      Et je ne m'en suis point, grâce au Ciel, repenti.
      J'ai souffert[39] qu'elle ait vu les belles compagnies,
      Les divertissements, les bals, les comédies[40] ;
      Ce sont choses, pour moi, que je tiens de tout temps
190   Fort propres à former l'esprit des jeunes gens ;
      Et l'école du monde en l'air dont il faut vivre[41],
      Instruit mieux à mon gré que ne fait aucun livre.
      Elle aime à dépenser en habits, linge et nœuds[42] ;
      Que voulez-vous ? je tâche à contenter ses vœux,
195   Et ce sont des plaisirs qu'on peut dans nos familles,
      Lorsque l'on a du bien, permettre aux jeunes filles.
      Un ordre paternel l'oblige à m'épouser ;
      Mais mon dessein n'est pas de la tyranniser.
      Je sais bien que nos ans ne se rapportent guère[43],
200   Et je laisse à son choix liberté tout entière.
      Si quatre mille écus de rente bien venants[44],
      Une grande tendresse et des soins complaisants
      Peuvent à son avis, pour un tel mariage,
      Réparer entre nous l'inégalité d'âge ;
205   Elle peut m'épouser, sinon choisir ailleurs.   [10]
      Je consens que sans moi ses destins soient meilleurs,
      Et j'aime mieux la voir sous un autre hyménée,
      Que si contre son gré sa main m'était donnée.

              SGANARELLE
      Hé ! qu'il est doucereux, c'est tout sucre et tout miel.

---

39   J'ai supporté, admis.
40   *Comédie* : pièce de théâtre en général, ou pièce de théâtre comique.
41   En ce qui concerne la manière dont il faut vivre.
42   Des *nœuds* de toutes sortes servaient de parure, d'ornement vestimentaire.
43   Nos âges respectifs sont disproportionnés.
44   La *rente*, le revenu est d'une rentrée facile et sûre.

ARISTE

210   Enfin c'est mon humeur, et j'en rends grâce au Ciel.
Je ne suivrais jamais ces maximes sévères,
Qui font que les enfants comptent les jours des pères.

SGANARELLE

Mais ce qu'en la jeunesse on prend de liberté
Ne se retranche pas avec facilité ;
215   Et tous ses sentiments suivront mal votre envie,
Quand il faudra changer sa manière de vie.

ARISTE

Et pourquoi la changer ?

SGANARELLE

Pourquoi ?

ARISTE

Oui.

SGANARELLE

Je ne sais.

ARISTE

Y voit-on quelque chose où l'honneur soit blessé ?

SGANARELLE

Quoi, si vous l'épousez, elle pourra prétendre[45]
220   Les mêmes libertés que fille on lui voit prendre ?

ARISTE

Pourquoi non ?

---

45   *Prétendre* : rechercher, revendiquer.

SGANARELLE
Vos désirs lui seront complaisants
Jusques à lui laisser et mouches[46] et rubans ?

ARISTE   [11]
Sans doute[47].

SGANARELLE
À lui souffrir, en cervelle troublée,
De courir tous les bals et les lieux d'assemblée ?

ARISTE
225   Oui, vraiment.

SGANARELLE
Et chez vous iront les damoiseaux ?

ARISTE
Et quoi donc ?

SGANARELLE
Qui joueront et donneront cadeaux[48] ?

ARISTE
D'accord.

SGANARELLE
Et votre femme entendra les fleurettes ?

---

46   *Mouche* : « morceau de taffetas ou de velours noir que les dames mettaient
     sur leur visage par ornement » (Furetière). Les rigoristes critiquaient
     cette coquetterie.
47   Sans aucun doute, assurément.
48   Un *cadeau* est un divertissement offert à des dames.

ARISTE

Fort bien.

SGANARELLE

Et vous verrez ces visites muguettes[49]
D'un œil à témoigner de n'en être point soûl ?

ARISTE

230   Cela s'entend.

SGANARELLE

Allez, vous êtes un vieux fou.
À Isabelle.
Rentrez, pour n'ouïr point cette pratique[50] infâme.

ARISTE

Je veux m'abandonner à la foi de ma femme,
Et prétends toujours vivre ainsi que j'ai vécu.

SGANARELLE

Que j'aurai de plaisir si l'on le fait cocu !

ARISTE   [12]

235   J'ignore pour quel sort mon astre m'a fait naître ;
Mais je sais que pour vous, si vous manquez de l'être,
On ne vous en doit point imputé le défaut[51],
Car vos soins pour cela font bien tout ce qu'il faut.

---

49 *Muguet*, adjectif : galant.
50 *Pratique* : manière de faire, usage.
51 Si vous n'êtes pas cocu, vous n'en êtes pas responsable, car vous aurez
    fait ce qu'il fallait pour cela ! Le *défaut*, c'est l'absence, le manque (ici,
    l'absence du cocuage).

SGANARELLE

Riez donc, beau rieur ! Oh ! que cela doit plaire
240   De voir un goguenard[52] presque sexagénaire !

LÉONOR

Du sort dont vous parlez je le garantis[53], moi,
S'il faut que par l'hymen il reçoive ma foi,
Il s'y peut assurer[54] ; mais sachez que mon âme
Ne répondrait de rien, si j'étais votre femme.

LISETTE

245   C'est conscience à ceux qui s'assurent en nous ;
Mais c'est pain béni, certe, à des gens comme vous[55].

SGANARELLE

Allez, langue maudite, et des plus mal apprises.

ARISTE

Vous vous êtes, mon frère, attiré ces sottises.
Adieu. Changez d'humeur et soyez averti
250   Que renfermer sa femme est le mauvais parti.
Je suis votre valet.

SGANARELLE

                    Je ne suis pas le vôtre[56].
Oh ! que les voilà bien tous formés l'un pour l'autre !

---

52 Un *goguenard* fait de sottes plaisanteries.
53 Je lui éviterai sûrement le sort dont vous parlez (le cocuage).
54 Il peut être assuré de ma fidélité.
55 C'est un cas de conscience de tromper ceux qui ont confiance en nous,
    mais vis-à-vis de gens comme vous, avec des maris de votre espèce, c'est
    bien fait, c'est bien mérité pour eux.
56 La mauvaise humeur de Sganarelle joue avec l'expression « je suis votre
    valet », par laquelle Ariste vient de prendre congé.

Quelle belle famille ! Un vieillard insensé
Qui fait le dameret[57] dans un corps tout cassé,
255   Une fille maîtresse[58] et coquette suprême,
Des valets impudents ; non, la Sagesse même[59]
N'en viendrait pas à bout, perdrait sens et raison
À vouloir corriger une telle maison.
Isabelle pourrait perdre dans ces hantises[60]
260   Les semences d'honneur qu'avec nous elle a prises ;
Et pour l'en empêcher dans peu nous prétendons [13]
Lui faire aller revoir nos choux et nos dindons.

Scène III
ERGASTE, VALÈRE, SGANARELLE

VALÈRE
Ergaste, le voilà, cet argus[61] que j'abhorre,
Le sévère tuteur de celle que j'adore.

SGANARELLE[62]
265   N'est-ce pas quelque chose enfin de surprenant
Que la corruption des mœurs de maintenant !

VALÈRE
Je voudrais l'accoster, s'il est en ma puissance,
Et tâcher de lier avec lui connaissance.

---

57   *Dameret* : galant affecté, efféminé.
58   Qui commande et fait ce qu'elle veut.
59   Cette Sagesse que la Bible hypostasie et à qui elle donne la parole,
      probablement ; c'est la Sagesse même, la Sagesse par excellence.
60   *Hantise* : fréquentation (mot vieilli au XVIIe siècle).
61   *Argus* était le géant aux cent yeux qui surveillait Io. Devenu nom
      commun, *l'argus* désigne un surveillant particulièrement attentif.
62   Il se croit seul, tandis que Valère et Ergaste cherchent à l'aborder.

SGANARELLE

Au lieu de voir régner cette sévérité
270   Qui composait[63] si bien l'ancienne honnêteté,
La jeunesse en ces lieux, libertine, absolue[64],
Ne prend...

VALÈRE

Il ne voit pas que c'est lui qu'on salue.

ERGASTE

Son mauvais œil, peut-être, est de ce côté-ci ;
Passons du côté droit[65].

SGANARELLE

Il faut sortir d'ici.
275   Le séjour de la ville en moi ne peut produire [B] [14]
Que des...

VALÈRE

Il faut chez lui tâcher de m'introduire.

SGANARELLE

Heu ? j'ai cru qu'on parlait. Aux champs, grâces
                        [aux Cieux,
Les sottises du temps ne blessent point mes yeux.

ERGASTE

Abordez-le !

---

63 *Composer* : régler selon les principes moraux.
64 La jeunesse libertine fait fi des règles religieuses et morales ; elle se veut
    indépendante (*absolue*).
65 Valère salue Sganarelle qui, enfermé dans son soliloque, ne le voit pas.
    D'où la réflexion plaisante du valet : Sganarelle voit peut-être mal de
    ce côté gauche, passons du côté droit !

SGANARELLE

Plaît-il ? Les oreilles me cornent[66].

280   Là, tous les passe-temps de nos filles se bornent[67]…
Est-ce à nous ?

ERGASTE

Approchez.

SGANARELLE

Là, nul godelureau

Ne vient[68]… Que diable… Encor ? que de coups
[de chapeau !

VALÈRE

Monsieur, un tel abord vous interrompt peut-être ?

SGANARELLE

Cela se peut.

VALÈRE

Mais quoi ? l'honneur de vous connaître

285   Est un si grand honneur, est un si doux plaisir,
Que de vous saluer j'avais un grand désir…

SGANARELLE

Soit.

---

66 J'entends comme un son de corne. Cela signale que Sganarelle entend
au moins vaguement les salutations de Valère, qui le dérangent dans
ses récriminations intérieures. Mais il faut aussi sans doute voir un
jeu d'allusion verbale aux cornes des cocus, dont il a été question dans
la conversation de la scène précédente, et dont ledit Sganarelle serait
menacé.
67 Sganarelle voit enfin Valère le saluer.
68 Valère salue à nouveau.

VALÈRE
Et de vous venir, mais sans nul artifice,
Assurer que je suis tout à votre service.

SGANARELLE   [15]
Je le crois.

VALÈRE
J'ai le bien[69] d'être de vos voisins,
290 Et j'en dois rendre grâce à mes heureux destins.

SGANARELLE
C'est bien fait.

VALÈRE
Mais, Monsieur, savez-vous les nouvelles
Que l'on dit à la cour, et qu'on tient pour fidèles ?

SGANARELLE
Que m'importe ?

VALÈRE
Il est vrai ; mais pour les nouveautés
On peut avoir parfois des curiosités.
295 Vous irez voir, Monsieur, cette magnificence,
Que de notre Dauphin prépare la naissance[70] ?

SGANARELLE
Si je veux.

VALÈRE
Avouons que Paris nous fait part

---

69 *Bien* : plaisir, avantage, honneur.
70 Le Dauphin naîtra le 1ᵉʳ novembre 1661.

De cent plaisirs charmants qu'on n'a point autre part ;
Les provinces auprès sont des lieux solitaires.
300   À quoi donc passez-vous le temps ?

                    SGANARELLE

                              À mes affaires.

                    VALÈRE

L'esprit veut du relâche[71] et succombe parfois
Par trop d'attachement aux sérieux emplois.
Que faites-vous les soirs avant qu'on se retire ?

                    SGANARELLE

Ce qui me plaît.

                    VALÈRE

                Sans doute[72] on ne peut pas mieux
                                    [dire ;
305   Cette réponse est juste, et le bon sens paraît   [B ij] [16]
À ne vouloir jamais faire que ce qui plaît.
Si je ne vous croyais l'âme trop occupée,
J'irais parfois chez vous passer l'après-soupée.

                    SGANARELLE

Serviteur.

                    Scène IV
                VALÈRE, ERGASTE

                    VALÈRE
            Que dis-tu de ce bizarre fou ?

_____

71   *Le relâche* : le repos, le répit.
72   Assurément.

ERGASTE

310   Il a le repart[73] brusque, et l'accueil loup-garou[74].

VALÈRE

Ah! j'enrage!

ERGASTE
        Et de quoi?

VALÈRE
                De quoi? C'est que j'enrage
De voir celle que j'aime au pouvoir d'un sauvage,
D'un dragon surveillant, dont la sévérité
Ne lui laisse jouir d'aucune liberté.

ERGASTE

315   C'est ce qui fait pour vous[75], et sur ces conséquences,
Votre amour doit fonder de grandes espérances.
Apprenez, pour avoir votre esprit raffermi,
Qu'une femme qu'on garde est gagnée à demi,
Et que les noirs chagrins[76] des maris ou des pères   [17]
320   Ont toujours du galant avancé les affaires.
Je coquette fort peu, c'est mon moindre talent,
Et de profession je ne suis point galant;
Mais j'en ai servi vingt de ces chercheurs de proie,
Qui disaient fort souvent que leur plus grande joie
325   Était de rencontrer de ces maris fâcheux,
Qui jamais sans gronder ne reviennent chez eux,

---

73 La repartie.
74 L'accueil digne d'un *loup-garou*, d'un fou qui court la nuit sur les routes
    et s'en prend à ceux qu'il rencontre, c'est-à-dire, au figuré, d'un homme
    bourru et fantasque.
75 C'est ce qui est un avantage pour vous.
76 Et que les noirs accès d'une humeur maussade.

De ces brutaux fieffés, qui sans raison ni suite,
De leurs femmes en tout contrôlent la conduite,
Et du nom de mari fièrement[77] se parant,
330 Leur rompent en visière[78] aux yeux de soupirants.
« On en sait, disent-ils, prendre ses avantages[79],
Et l'aigreur de la dame à ces sortes d'outrages,
Dont la plaint doucement le complaisant témoin,
Est un champ[80] à pousser les choses assez loin. »
335 En un mot, ce vous est une attente assez belle[81],
Que la sévérité du tuteur d'Isabelle.

VALÈRE

Mais depuis quatre mois que je l'aime ardemment,
Je n'ai pour lui parler pu trouver un moment.

ERGASTE

L'amour rend inventif ; mais vous ne l'êtes guère,
340 Et si j'avais été…

VALÈRE

               Mais qu'aurais-tu pu faire ?
Puisque sans ce brutal on ne la voit jamais,
Et qu'il n'est pas là-dedans servantes ni valets
Dont, par l'appât flatteur de quelque récompense,
Je puisse pour mes feux ménager l'assistance.

ERGASTE

345 Elle ne sait donc pas encor que vous l'aimez ?

---

77 *Fièrement* : de manière farouche.
78 *Rompre en visière*, c'est contredire, offenser.
79 On sait tirer son intérêt de la situation.
80 Comme le terrain d'un combat. L'aigreur de la dame est l'occasion pour
    le galant de l'emporter sur son adversaire le mari.
81 Vous pouvez attendre beaucoup.

VALÈRE

C'est un point dont mes vœux ne sont point informés.
Partout où ce farouche a conduit cette belle, [B iij] [18]
Elle m'a toujours vu comme une ombre après d'elle,
Et mes regards aux siens ont tâché chaque jour
350   De pouvoir expliquer l'excès[82] de mon amour.
Mes yeux ont fort parlé ; mais qui me peut apprendre
Si leur langage enfin a pu se faire entendre ?

ERGASTE

Ce langage, il est vrai, peut être obscur parfois,
S'il n'a pour truchement[83] l'écriture ou la voix.

VALÈRE

355   Que faire pour sortir de cette peine extrême,
Et savoir si la belle a connu[84] que je l'aime ?
Dis-m'en quelque moyen.

ERGASTE

                    C'est ce qu'il faut trouver.
Entrons un peu chez vous, afin d'y mieux rêver[85].

Fin du premier acte.

---

82   Haut degré.
83   *Truchement* : interprète.
84   Reconnu, compris.
85   Songer à, méditer sur.

ACTE II   [19]

Scène PREMIÈRE
ISABELLE, SGANARELLE

SGANARELLE

Va, je sais la maison, et connais la personne
360   Aux marques seulement que ta bouche me donne.

ISABELLE, *à part.*

Ô Ciel ! sois-moi propice, et seconde en ce jour
Le stratagème adroit d'une innocente amour.

SGANARELLE

Dis-tu pas qu'on t'a dit qu'il s'appelle Valère ?

ISABELLE

Oui.

SGANARELLE

      Va, sois en repos, rentre et me laisse faire,
365   Je vais parler sur l'heure à ce jeune étourdi.

ISABELLE[86]

Je fais, pour une fille, un projet bien hardi ;
Mais l'injuste rigueur, dont envers moi l'on use,
Dans tout esprit bien fait me servira d'excuse.

---

86   Isabelle fait cette réflexion en quittant la scène.

Scène II   [B iiij] [20]
SGANARELLE, ERGASTE, VALÈRE

SGANARELLE

Ne perdons point de temps[87]. C'est ici ; qui va là ?
370   Bon, je rêve. Holà ! dis-je, holà, quelqu'un, holà !
Je ne m'étonne pas, après cette lumière[88],
S'il y venait tantôt de si douce manière ;
Mais je veux me hâter, et de son fol espoir[89]…
Peste soit du gros bœuf, qui pour me faire choir,
375   Se vient devant mes pas planter comme une perche !

VALÈRE

Monsieur, j'ai du regret…

SGANARELLE

                Ah ! c'est vous que je cherche.

VALÈRE

Moi, Monsieur ?

SGANARELLE

                Vous. Valère est-il pas votre nom ?

VALÈRE

Oui.

---

87   Une didascalie de 1734 explicite l'intéressant jeu de scène : dans sa hâte
    à trouver Valère, Sganarelle se trompe et frappe à sa propre porte ; et,
    toujours obsédé et distrait demande « Qui va là ? », alors que c'est lui qui
    a frappé et que c'est de l'intérieur qu'on devrait demander « Qui va là ? ».
88   Après cet éclaircissement.
89   Une didascalie de 1682 est éclairante : à ce moment de la phrase de
    Sganarelle, Ergaste (le « gros bœuf ») sort brusquement et se trouve
    nez-à-nez avec Sganarelle, qui voit sortir ensuite Valère, l'interlocuteur
    qu'il est venu trouver.

SGANARELLE

Je viens vous parler, si vous le trouvez bon.

VALÈRE

Puis-je être assez heureux pour vous rendre service ?

SGANARELLE

380   Non ; mais je prétends, moi, vous rendre un bon
                                          [office,
Et c'est ce qui chez vous prend droit de m'amener.

VALÈRE   [21]

Chez moi, Monsieur ?

SGANARELLE

                    Chez vous ; faut-il tant
                              [s'étonner ?

VALÈRE

J'en ai bien du sujet, et mon âme ravie
De l'honneur…

SGANARELLE

                    Laissons là cet honneur, je vous prie.

VALÈRE

385   Voulez-vous pas entrer ?

SGANARELLE

                    Il n'en est pas besoin.

VALÈRE

Monsieur, de grâce.

SGANARELLE

Non, je n'irai pas plus loin.

VALÈRE

Tant que vous serez là, je ne puis vous entendre.

SGANARELLE

Moi, je n'en veux bouger.

VALÈRE

Eh bien ! il se faut rendre.
Vite, puisque Monsieur à cela se résout,
390   Donnez un siège ici.

SGANARELLE

Je veux parler debout.

VALÈRE

Vous souffrir de la sorte ?

SGANARELLE

Ah ! contrainte effroyable !

VALÈRE

Cette incivilité serait trop condamnable.

SGANARELLE   [22]

C'en est une que rien ne saurait égaler
De n'ouïr pas les gens qui veulent nous parler.

VALÈRE

395   Je vous obéis donc.

SGANARELLE
Vous ne sauriez mieux faire.
Tant de cérémonie est fort peu nécessaire[90].
Voulez-vous m'écouter ?

VALÈRE
Sans doute, et de grand cœur.

SGANARELLE
Savez-vous, dites-moi, que je suis le tuteur
D'une fille assez jeune, et passablement belle,
400   Qui loge en ce quartier, et qu'on nomme Isabelle ?

VALÈRE
Oui.

SGANARELLE
Si vous le savez, je ne vous l'apprends pas.
Mais savez-vous aussi, lui trouvant des appas[91],
Qu'autrement qu'en tuteur sa personne me touche,
Et qu'elle est destinée à l'honneur de ma couche ?

VALÈRE
405   Non.

SGANARELLE
Je vous l'apprends donc, et qu'il est à propos
Que vos feux, s'il vous plaît, la laissent en repos.

---

90   On imagine en effet le jeu de scène que précise 1682 : « *Ils font de grandes
cérémonies pour se couvrir* ».
91   Mais savez-vous, vous qui lui trouvez des appas, qui êtes attiré par elle,
qu'autrement, etc. ; ou, peut-être plus vraisemblablement : mais savez-
vous, comme je lui trouve des appas, qu'autrement, etc.

VALÈRE

Qui ? moi, Monsieur ?

SGANARELLE

Oui, vous. Mettons bas
[toute feinte.

VALÈRE

Qui vous a dit que j'ai pour elle l'âme atteinte ?

SGANARELLE   [23]

Des gens à qui l'on peut donner quelque crédit.

VALÈRE

410   Mais encore ?

SGANARELLE

Elle-même.

VALÈRE

Elle ?

SGANARELLE

Elle, est-ce assez dit ?
Comme une fille honnête, et qui m'aime d'enfance,
Elle vient de m'en faire entière confidence ;
Et de plus m'a chargé de vous donner avis
Que depuis que par vous tous ses pas sont suivis,
415   Son cœur, qu'avec excès votre poursuite[92] outrage,
N'a que trop de vos yeux entendu le langage,
Que vos secrets désirs lui sont assez connus,
Et que c'est vous donner des soucis superflus
De vouloir davantage expliquer une flamme

_____

92 *Poursuite* : empressement auprès d'une femme.

420   Qui choque l'amitié[93] que me garde son âme.

VALÈRE

C'est elle, dites-vous, qui de sa part vous fait… ?

SGANARELLE

Oui, vous venir donner cet avis franc et net,
Et qu'ayant vu l'ardeur dont votre âme est blessée,
Elle vous eût plus tôt fait savoir sa pensée,
425   Si son cœur avait eu, dans son émotion,
À qui pouvoir donner cette commission ;
Mais qu'enfin les douleurs d'une contrainte extrême
L'ont réduite à vouloir se servir de moi-même,
Pour vous rendre averti, comme je vous ai dit,
430   Qu'à tout autre que moi son cœur est interdit,
Que vous avez assez joué de la prunelle,
Et que, si vous avez tant soit peu de cervelle,
Vous prendrez d'autres soins[94]. Adieu jusqu'au
[revoir. [24]
Voilà ce que j'avais à vous faire savoir.

VALÈRE

435   Ergaste, que dis-tu d'une telle aventure[95] ?

SGANARELLE, *à part.*

Le voilà bien surpris.

ERGASTE

Selon ma conjecture,
Je tiens qu'elle n'a rien de déplaisant pour vous,

---

93   L'amour.
94   Vous adresserez ailleurs vos assiduités amoureuses.
95   Valère parle en *a parte* avec son valet, sans être entendu de Sganarelle,
     qui se parle de son côté. Le jeu de scène va se répéter.

Qu'un mystère assez fin est caché là-dessous,
Et qu'enfin cet avis n'est pas d'une personne
440 Qui veuille voir cesser l'amour qu'elle vous donne.

SGANARELLE, *à part.*
Il en tient comme il faut[96].

VALÈRE
Tu crois mystérieux…

ERGASTE
Oui… Mais il nous observe, ôtons-nous de ses yeux.

SGANARELLE[97]
Que sa confusion paraît sur son visage !
Il ne s'attendait pas sans doute à ce message.
445 Appelons Isabelle. Elle montre le fruit
Que l'éducation dans une âme produit ;
La vertu fait ses soins, et son cœur s'y consomme[98],
Jusques à s'offenser des seuls regards d'un homme.

Scène III   [25]
ISABELLE, SGANARELLE

ISABELLE[99]
J'ai peur que cet amant, plein de sa passion,
450 N'ait pas de mon avis compris l'intention ;
Et j'en veux, dans les fers où je suis prisonnière,
Hasarder un qui parle avec plus de lumière.

_____

96 Le voilà bien déconcerté.
97 Sganarelle reste seul sur la scène.
98 Et son cœur s'y affine, s'y perfectionne.
99 A *parte* d'Isabelle en entrant sur scène.

SGANARELLE

Me voilà de retour.

ISABELLE

Eh bien ?

SGANARELLE

Un plein effet
A suivi tes discours, et ton homme a son fait.
455   Il me voulait nier que son cœur fût malade ;
Mais lorsque de ta part j'ai marqué[100] l'ambassade,
Il est resté d'abord[101] et muet et confus,
Et je ne pense pas qu'il y revienne plus.

ISABELLE

Ah ! que me dites-vous ? J'ai bien peur du contraire,
460   Et qu'il ne nous prépare encor plus d'une affaire.

SGANARELLE

Et sur quoi fondes-tu cette peur que tu dis ?

ISABELLE

Vous n'avez pas été plus tôt hors du logis,
Qu'ayant, pour prendre l'air, la tête à ma fenêtre, [C] [26]
J'ai vu dans ce détour[102] un jeune homme paraître,
465   Qui d'abord, de la part de cet impertinent[103],
Est venu me donner un bonjour surprenant,
Et m'a droit dans ma chambre une boîte jetée[104],

---

100 *Marquer* : spécifier, montrer en détail.
101 Aussitôt.
102 *Détour* : angle d'une rue.
103 Cet extravagant.
104 Le complément d'objet étant inséré entre l'auxiliaire et le participe
passé, ce dernier s'accorde avec l'objet.

Qui renferme une lettre en poulet cachetée[105].
J'ai voulu sans tarder lui rejeter le tout ;
470   Mais ses pas de la rue avaient gagné le bout,
Et je m'en sens le cœur tout gros de fâcherie.

SGANARELLE

Voyez un peu la ruse et la friponnerie !

ISABELLE

Il est de mon devoir de faire promptement
Reporter boîte et lettre à ce maudit amant ;
475   Et j'aurais pour cela besoin d'une personne,
Car d'oser à vous-même…

SGANARELLE

              Au contraire, mignonne,
C'est me faire mieux voir ton amour et ta foi,
Et mon cœur avec joie accepte cet emploi ;
Tu m'obliges par là plus que je ne puis dire.

ISABELLE

480   Tenez donc.

SGANARELLE

           Bon, voyons ce qu'il a pu t'écrire.

ISABELLE

Ah, Ciel ! gardez-vous bien de l'ouvrir.

SGANARELLE

                    Et pourquoi ?

---

105 La lettre est pliée comme on pliait un petit billet amoureux (*poulet*) – en
y faisant « deux pointes qui représentaient les ailes d'un poulet », précise
Furetière.

ISABELLE

Lui voulez-vous donner à croire que c'est moi ?
Une fille d'honneur doit toujours se défendre
De lire les billets qu'un homme lui fait rendre[106] ;
485   La curiosité qu'on fait lors éclater   [27]
Marque un secret plaisir de s'en ouïr conter,
Et je trouve à propos que toute cachetée
Cette lettre lui soit promptement reportée,
Afin que d'autant mieux il connaisse aujourd'hui
490   Le mépris éclatant que mon cœur fait de lui,
Que ses feux désormais perdent toute espérance,
Et n'entreprennent plus pareille extravagance.

SGANARELLE

Certes, elle a raison lorsqu'elle parle ainsi.
Va, ta vertu me charme, et ta prudence[107] aussi ;
495   Je vois que mes leçons ont germé dans ton âme,
Et tu te montres digne enfin d'être ma femme.

ISABELLE

Je ne veux pas pourtant gêner[108] votre désir :
La lettre est en vos mains, et vous pouvez l'ouvrir.

SGANARELLE

Non, je n'ai garde ! Hélas[109] ! tes raisons sont trop
[bonnes ;
500   Et je vais m'acquitter du soin que tu me donnes[110],
À quatre pas de là dire ensuite deux mots,

---

106 Remettre.
107 *Prudence* : discernement, jugement.
108 Contraindre.
109 *Hélas !* de contentement, non de douleur.
110 Je vais m'acquitter de la tâche, de la mission (*soin*) que tu me donnes.

Et revenir ici te remettre en repos.

Scène IV   [C iij] [28]
SGANARELLE, ERGASTE

SGANARELLE[111]

Dans quel ravissement est-ce que mon cœur nage,
Lorsque je vois en elle une fille si sage !
505   C'est un trésor d'honneur que j'ai dans ma maison.
Prendre un regard d'amour pour une trahison,
Recevoir un poulet comme une injure extrême,
Et le faire au galant reporter par moi-même :
Je voudrais bien savoir, en voyant tout ceci,
510   Si celle de mon frère en userait ainsi.
Ma foi, les filles sont ce que l'on les fait être[112].
Holà !

ERGASTE
Qu'est-ce ?

SGANARELLE
Tenez, dites à votre maître

Qu'il ne s'ingère pas d'oser écrire encor
Des lettres qu'il envoie avec des boîtes d'or,
515   Et qu'Isabelle en est puissamment irritée.
Voyez, on ne l'a pas au moins décachetée[113] ;
Il connaîtra l'état que l'on fait de ses feux,
Et quel heureux succès il doit espérer d'eux.

---

111 Sganarelle se dirige vers la porte de Valère, à laquelle il va frapper.
112 Souvenir d'un vers des *Adelphes* de Térence (vers 400), qui avait valeur
     générale pour l'éducation de tout enfant.
113 Voyez, remarquez-le, on ne l'a même pas décachetée.

Scène v   [29]
VALÈRE, ERGASTE

VALÈRE

Que vient de te donner cette farouche bête ?

ERGASTE

520 Cette lettre, Monsieur, qu'avecque cette boîte[114]
On prétend qu'ait reçue Isabelle de vous,
Et dont elle est, dit-il, en un fort grand courroux ;
C'est sans vouloir l'ouvrir qu'elle vous la fait rendre.
Lisez vite, et voyons si je me puis méprendre.

LETTRE

Cette lettre vous surprendra sans doute, et l'on peut trouver bien hardi pour moi, et le dessein de vous l'écrire, et la manière de vous la faire tenir. Mais je me vois dans un état à ne plus garder de mesures ; la juste horreur d'un mariage dont je suis menacée dans six jours me fait hasarder toutes choses, et dans la résolution de m'en affranchir par quelque voie que ce soit, j'ai cru que je devais plutôt vous choisir que le [C iij] [30] *désespoir. Ne croyez pas pourtant que vous soyez redevable de tout à ma mauvaise destinée ; ce n'est pas la contrainte où je me trouve qui a fait naître les sentiments que j'ai pour vous ; mais c'est elle qui en précipite le témoignage, et qui me fait passer sur des formalités où la bienséance du sexe oblige. Il ne tiendra qu'à vous que je sois à vous bientôt, et j'attends seulement que vous m'ayez marqué*[115] *les intentions de votre amour, pour vous faire savoir la résolution que j'ai prise ; mais surtout songez que le temps presse, et que deux cœurs qui s'aiment doivent s'entendre à demi-mot.*

---

114 Au XVIIᵉ siècle, *boîte* se prononçait *bouète* et pouvait donc rimer avec *bête*.
115 Indiqué.

ERGASTE

525 Eh bien, Monsieur, le tour est-il d'original[116] ?
     Pour une jeune fille, elle n'en sait pas mal !
     De ces ruses d'amour la croirait-on capable ?

VALÈRE

     Ah ! je la trouve là tout à fait adorable.
     Ce trait de son esprit et de son amitié[117]
530 Accroît pour elle encor mon amour de moitié,
     Et joint aux sentiments que sa beauté m'inspire…

ERGASTE

     La dupe vient, songez à ce qu'il vous faut dire.

Scène VI   [31]
SGANARELLE, VALÈRE, ERGASTE

SGANARELLE

     Oh ! trois et quatre fois béni soit cet édit
     Par qui des vêtements le luxe est interdit[118] !
535 Les peines des maris ne seront plus si grandes,
     Et les femmes auront un frein à leurs demandes.
     Oh ! que je sais au roi bon gré de ces décris[119] !
     Et que, pour le repos de ces mêmes maris,

---

116 *D'original* : original, inédit.
117 Toujours l'amour.
118 Il s'agit ici de l'édit de novembre 1660, affiché et publié à nouveau en
     avril 1661, portant règlement pour le retranchement du luxe des habits
     et des équipages. Il y en eut bien d'autres au long du règne, qui tentèrent
     de s'attaquer aux dépenses superflues pour les vêtements, les litières et
     les carrosses.
119 *Décrit* : proclamation interdisant l'usage de certaines choses, en particulier
     « de porter des dentelles d'or ou d'argent ou de certaines manufactures »
     (Furetière).

Je voudrais bien qu'on fît de la coquetterie
540 Comme de la guipure[120] et de la broderie !
J'ai voulu l'acheter, l'édit, expressément,
Afin que d'Isabelle il soit lu hautement[121] ;
Et ce sera tantôt, n'étant plus occupée,
Le divertissement de notre après-soupée.
545 Enverrez-vous encor, Monsieur aux blonds cheveux[122],
Avec des boîtes d'or des billets amoureux ?
Vous pensiez bien trouver quelque jeune coquette,
Friande de l'intrigue et tendre à la fleurette ;
Vous voyez de quel air on reçoit vos joyaux.
550 Croyez-moi, c'est tirer votre poudre aux moineaux[123].
Elle est sage, elle m'aime, et votre amour l'outrage.
Prenez visée ailleurs, et troussez-moi bagage.

VALÈRE   [32]

Oui, oui, votre mérite, à qui chacun se rend
Est à mes vœux, Monsieur, un obstacle trop grand ;
555 Et c'est folie à moi, dans mon ardeur fidèle,
De prétendre avec vous à l'amour d'Isabelle.

SGANARELLE

Il est vrai, c'est folie.

VALÈRE

       Aussi n'aurais-pas
Abandonné mon cœur à suivre ses appas,
Si j'avais pu savoir que ce cœur misérable

---

120 *Guipure* : « dentelle faite avec de la soie tortillée, qu'on met autour d'un
autre cordon de soie et de fil » (Furetière).
121 J'ai voulu l'acheter à dessein (*expressément*) pour qu'Isabelle le lise à haute
voix, de manière solennelle (*hautement*).
122 Sganarelle s'adresse alors à Valère, qu'il a enfin remarqué.
123 *Tirer la poudre aux moineaux*, c'est faire une tentative vaine.

560   Dût trouver un rival comme vous redoutable.

SGANARELLE

Je le crois.

VALÈRE

        Je n'ai garde à présent d'espérer ;
Je vous cède, Monsieur, et c'est sans murmurer.

SGANARELLE

Vous faites bien.

VALÈRE

        Le droit de la sorte l'ordonne ;
Et de tant de vertus brille votre personne,
565   Que j'aurais tort de voir d'un regard de courroux
Les tendres sentiments qu'Isabelle a pour vous.

SGANARELLE

Cela s'entend.

VALÈRE

        Oui, oui, je vous quitte la place.
Mais je vous prie au moins – et c'est la seule grâce,
Monsieur, que vous demande un misérable amant,
570   Dont vous seul aujourd'hui causez tout le tourment –,
Je vous conjure donc d'assurer Isabelle
Que si depuis trois mois mon cœur brûle pour elle,
Cet amour est sans tache, et n'a jamais pensé   [33]
À rien dont son honneur ait lieu d'être offensé.

SGANARELLE

575   Oui.

VALÈRE

Que ne dépendant que du choix de mon âme[124],
Tous mes desseins étaient de l'obtenir pour femme,
Si les destins, en vous[125] qui captivez son cœur,
N'opposaient un obstacle à cette juste ardeur.

SGANARELLE

Fort bien.

VALÈRE

Que quoi qu'on fasse, il ne lui faut pas
                                        [croire
580 Que jamais ses appas sortent de ma mémoire ;
Que quelque arrêt des Cieux qu'il me faille subir,
Mon sort est de l'aimer jusqu'au dernier soupir,
Et que si quelque chose étouffe mes poursuites,
C'est le juste respect que j'ai pour vos mérites.

SGANARELLE

585 C'est parler sagement ; et je vais de ce pas
Lui faire ce discours, qui ne la choque pas.
Mais si vous me croyez, tâchez de faire en sorte
Que de votre cerveau cette passion sorte.
Adieu[126].

ERGASTE

La dupe est bonne.

SGANARELLE

                           Il me fait grand'pitié,

---

124 Ne dépendant que de ma volonté, c'est-à-dire : si cela n'avait dépendu
     que de ma volonté.
125 *Vous* désigne Sganarelle, qui fait obstacle à l'amour de Valère.
126 Sganarelle s'éloigne et va se parler à lui-même.

590   Ce pauvre malheureux trop rempli d'amitié[127] ;
        Mais c'est un mal pour lui de s'être mis en tête
        De vouloir prendre un fort qui se voit ma conquête[128].

Scène VII   [34]

SGANARELLE, ISABELLE

SGANARELLE

Jamais amant n'a fait tant de trouble éclater,
Au poulet renvoyé sans se décacheter[129].
595   Il perd toute espérance, enfin, et se retire ;
        Mais il m'a tendrement conjuré de te dire
        Que du moins en t'aimant il n'a jamais pensé
        À rien dont ton honneur ait lieu d'être offensé,
        Et que, ne dépendant que du choix de son âme,
600   Tous ses désirs étaient de t'obtenir pour femme,
        Si les destins, en moi qui captive ton cœur,
        N'opposaient un obstacle à cette juste ardeur ;
        Que, quoi qu'on puisse faire, il ne te faut pas croire
        Que jamais tes appas sortent de sa mémoire ;
605   Que, quelque arrêt des Cieux qu'il lui faille subir,
        Son sort est de t'aimer jusqu'au dernier soupir ;
        Et que si quelque chose étouffe sa poursuite,
        C'est le juste respect qu'il a pour mon mérite.
        Ce sont ses propres mots ; et loin de le blâmer,
610   Je le trouve honnête homme, et le plains de t'aimer.

---

127 *Amitié* : amour.
128 Phraséologie galante, dont Sganarelle fait la parodie involontaire : effet
    burlesque.
129 Au poulet qu'Isabelle a renvoyé sans le décacheter, sans qu'il soit décacheté.

ISABELLE, *bas.*

Ses feux ne trompent point ma secrète croyance[130],
Et toujours ses regards m'en ont dit l'innocence.

SGANARELLE   [35]

Que dis-tu?

ISABELLE

Qu'il m'est dur que vous plaigniez si fort
Un homme que je hais à l'égal de la mort,
615 Et que si vous m'aimiez autant que vous le dites,
Vous sentiriez l'affront que me font les[131] poursuites.

SGANARELLE

Mais il ne savait pas tes inclinations;
Et par l'honnêteté de ses intentions[132]
Son amour ne mérite...

ISABELLE

Est-ce les avoir bonnes,
620 Dites-moi, de vouloir enlever les personnes?
Est-ce être homme d'honneur de former des desseins
Pour m'épouser de force en m'ôtant de vos mains,
Comme si j'étais fille à supporter la vie
Après qu'on m'aurait fait une telle infamie?

SGANARELLE

625 Comment?

ISABELLE

Oui, oui, j'ai su que ce traître d'amant

---

130 Si son amour correspond à ce que je pense en moi-même.
131 1682 donne *ses.*
132 Diérèses à la rime.

Parle de m'obtenir par un enlèvement ;
Et j'ignore pour moi les pratiques[133] secrètes
Qui l'ont instruit si tôt du dessein que vous faites
De me donner la main dans huit jours au plus tard,
630   Puisque ce n'est que d'hier que vous m'en fîtes part.
Mais il veut prévenir[134], dit-on, cette journée
Qui doit à votre sort unir ma destinée.

SGANARELLE

Voilà qui ne vaut rien.

ISABELLE

                    Oh ! que pardonnez-moi[135],
C'est un fort honnête homme, et qui ne sent pour
                                        [moi...

SGANARELLE   [36]

635   Il a tort, et ceci passe la raillerie.

ISABELLE

Allez, votre douceur entretient sa folie.
S'il vous eût vu tantôt lui parler vertement,
Il craindrait vos transports et mon ressentiment.
Car c'est encor depuis sa lettre méprisée
640   Qu'il a dit ce dessein qui m'a scandalisée ;
Et son amour conserve ainsi que je l'ai su,
La croyance qu'il est dans mon cœur bien reçu,
Que je fuis votre hymen, quoi que le monde en croie,
Et me verrais tirer de vos mains avec joie.

---

133 *Pratiques* : menées.
134 Devancer.
135 Le *que* souligne la force du propos.

SGANARELLE

645   Il est fou.

ISABELLE

Devant vous il sait se déguiser,
Et son intention est de vous amuser[136].
Croyez par ces beaux mots que le traître vous joue.
Je suis bien malheureuse, il faut que je l'avoue,
Qu'avecque tous mes soins pour vivre dans l'honneur,
650   Et rebuter les vœux d'un lâche suborneur,
Il faille être exposée aux fâcheuses surprises
De voir faire sur moi d'infâmes entreprises.

SGANARELLE

Va, ne redoute rien.

ISABELLE

Pour moi, je vous le dis,
Si vous n'éclatez fort contre un trait si hardi[137],
655   Et ne trouvez bientôt moyen de me défaire
Des persécutions[138] d'un pareil téméraire,
J'abandonnerai tout, et renonce à l'ennui[139]
De souffrir les affronts que je reçois de lui.

SGANARELLE   [37]

Ne t'afflige point tant, va, ma petite femme,
660   Je m'en vais le trouver, et lui chanter sa gamme[140].

---

136 *Amuser* : tromper.
137 Si vous ne vous manifestez pas clairement contre une entreprise si hardie.
138 Diérèse.
139 Au tourment.
140 « *Chanter la gamme* à quelqu'un, le quereller, le reprendre, lui reprocher
      sa faute » (Furetière).

ISABELLE

Dites-lui bien au moins qu'il le nierait en vain,
Que c'est de bonne part qu'on m'a dit son dessein,
Et qu'après cet avis, quoi qu'il puise entreprendre,
J'ose le défier de me pouvoir surprendre ;
665 Enfin que sans plus perdre et soupirs et moments,
Il doit savoir pour vous quels sont mes sentiments,
Et que si d'un malheur il ne veut être cause,
Il ne se fasse pas deux fois dire une chose.

SGANARELLE

Je dirai ce qu'il faut.

ISABELLE

                          Mais tout cela d'un ton
670 Qui marque que mon cœur lui parle tout de bon.

SGANARELLE

Va, je n'oublierai rien, je t'en donne assurance.

ISABELLE

J'attends votre retour avec impatience.
Hâtez-le, s'il vous plaît, de tout votre pouvoir ;
Je languis quand je suis un moment sans vous voir.

SGANARELLE

675 Va, pouponne, mon cour, je reviens tout à l'heure[141].
Est-il une personne et plus sage et meilleure ?
Ah ! que je suis heureux, et que j'ai de plaisir
De trouver une femme au gré de mon désir !
Oui, voilà comme il faut que les femmes soient faites,
680 Et non comme j'en sais, de ces franches coquettes,

_____

141 Tout de suite.

Qui s'en laissent conter, et font dans tout Paris
Montrer au bout du doigt leurs honnêtes maris.
Holà ! notre galant aux belles entreprises !

Scène VIII   [D] [38]

VALÈRE, SGANARELLE, ERGASTE

VALÈRE

Monsieur, qui vous ramène en ce lieu ?

SGANARELLE

Vos sottises.

VALÈRE

685   Comment ?

SGANARELLE

Vous savez bien de quoi je veux parler.
Je vous croyais plus sage, à ne vous rien celer.
Vous venez m'amuser de vos belles paroles,
Et conserver sous main des espérances folles.
Voyez-vous, j'ai voulu doucement vous traiter ;
690   Mais vous m'obligerez à la fin d'éclater.
N'avez-vous point de honte, étant ce que vous êtes,
De faire en votre esprit les projets que vous faites,
De prétendre enlever une fille d'honneur,
Et troubler un hymen qui fait tout son bonheur ?

VALÈRE

695   Qui vous a dit, Monsieur, cette étrange[142] nouvelle ?

---

142 Cette nouvelle extraordinaire.

SGANARELLE

Ne dissimulons point, je la tiens d'Isabelle,
Qui vous mande par moi, pour la dernière fois,
Qu'elle vous a fait voir assez quel est son choix,
Que son cœur tout à moi d'un tel projet s'offense,
700 Qu'elle mourrait plutôt qu'en souffrir l'insolence ;
Et que vous causerez de terribles éclats   [39]
Si vous ne mettez fin à tout cet embarras.

VALÈRE

S'il est vrai qu'elle ait dit ce que je viens d'entendre,
J'avouerai que mes feux n'ont plus rien à prétendre ;
705 Par ces mots assez clairs je vois tout terminé,
Et je dois révérer l'arrêt qu'elle a donné.

SGANARELLE

Si ? Vous en doutez donc, et prenez pour des feintes
Tout ce que de sa part je vous ai fait de plaintes ?
Voulez-vous qu'elle même elle explique son cœur ?
710 J'y consens volontiers pour vous tirer d'erreur.
Suivez-moi, vous verrez s'il est rien que j'avance[143],
Et si son jeune cœur entre nous deux balance.

Scène IX   [40]
ISABELLE, SGANARELLE, VALÈRE

ISABELLE

Quoi, vous me l'amenez ! Quel est votre dessein ?
Prenez-vous contre moi ses intérêts en main,
715 Et voulez-vous, charmé de ses rares mérites
M'obliger à l'aimer et souffrir ses visites ?

―――――――――――

143 Vous verrez si j'invente quoi que ce soit.

SGANARELLE

Non, mamie, et ton cœur pour cela m'est trop cher.
Mais il prend mes avis pour des contes en l'air,
Croit que c'est moi qui parle et te fais par adresse[144]
720   Pleine pour lui de haine, et pour moi de tendresse ;
Et par toi-même enfin j'ai voulu sans retour
Le tirer d'une erreur qui nourrit son amour.

ISABELLE[145]

Quoi, mon âme à vos yeux ne se montre pas toute,
Et de mes vœux encor vous pouvez être en doute ?

VALÈRE

725   Oui, tout ce que Monsieur de votre part m'a dit,
Madame, a bien pouvoir de surprendre un esprit.
J'ai douté, je l'avoue, et cet arrêt suprême,
Qui décide du sort de mon amour extrême,
Doit m'être assez touchant pour ne pas s'offenser[146]
730   Que mon cœur par deux fois le fasse prononcer.

ISABELLE   [41]

Non, non, un tel arrêt ne doit pas vous surprendre ;
Ce sont mes sentiments qu'il vous a fait entendre,
Et je les tiens fondés sur assez d'équité,
Pour en faire éclater toute la vérité.
735   Oui, je veux bien qu'on sache, et j'en dois être crue,
Que le sort offre ici deux objets à ma vue
Qui, m'inspirant pour eux différents sentiments,
De mon cœur agité font tous les mouvements.

---

144 Par ruse.
145 Isabelle s'adresse à Valère.
146 Pour que vous ne vous offensiez pas.

       L'un, par un juste choix où l'honneur m'intéresse[147]
740   A toute mon estime et toute ma tendresse ;
       Et l'autre, pour le prix de son affection,
       A toute ma colère et mon aversion[148].
       La présence de l'un m'est agréable et chère,
       J'en reçois dans mon âme une allégresse entière ;
745   Et l'autre par sa vue inspire dans mon cœur
       De secrets mouvements et de haine et d'horreur.
       Me voir femme de l'un est toute mon envie ;
       Et plutôt qu'être à l'autre, on m'ôterait la vie.
       Mais c'est assez montrer mes justes sentiments,
750   Et trop longtemps languir dans ces rudes tourments.
       Il faut que ce que j'aime, usant de diligence,
       Fasse à ce que je hais perdre toute espérance,
       Et qu'un heureux hymen affranchisse mon sort
       D'un supplice pour moi plus affreux que la mort.

SGANARELLE

755   Oui, mignonne, je songe à remplir ton attente.

ISABELLE

       C'est l'unique moyen de me rendre contente.

SGANARELLE

       Tu le seras dans peu.

ISABELLE

                Je sais qu'il est honteux
       Aux filles d'expliquer si librement leurs veux.

---

147 Un juste choix que me dicte l'honneur.
148 Diérèses significatives à la rime.

SGANARELLE   [D iij] [42]
Point, point.

ISABELLE
Mais en l'état où sont mes destinées,
760   De telles libertés doivent m'être données ;
Et je puis sans rougir faire un aveu si doux
À celui que déjà je regarde en époux.

SGANARELLE
Oui, ma pauvre fanfan[149], pouponne de mon âme.

ISABELLE
Qu'il songe donc, de grâce, à me prouver sa flamme.

SGANARELLE
765   Oui, tiens, baise ma main.

ISABELLE
Que sans plus de soupirs
Il conclue un hymen qui fait tous mes désirs,
Et reçoive en ce lieu la foi que je lui donne
De n'écouter jamais les vœux d'autre personne[150].

---

149 *Fanfan* : « Terme de caresse, mais bas et burlesque, pour dire enfant »
(Richelet).

150 C'est au moment de ces deux répliques qu'intervenait un jeu de scène
que l'édition de 1682 est la première à mentionner, mais que figurait
déjà le frontispice de Chauveau pour l'édition originale : Isabelle « fait
semblant d'embrasser Sganarelle, et donne sa main à Valère », pour
qu'il la baise. Mais, dans le texte, Sganarelle donne seulement sa main
à baiser à Isabelle. Isabelle embrasse-t-elle Sganarelle (*embrasser* c'est
prendre dans ses bras), tout en tendant par derrière sa main à baiser à
Valère ? Ou se contente-t-elle de baiser la main de Sganarelle, comme
celui-ci le lui demande, tout en donnant la sienne à baiser à Valère ?
Aux metteurs en scène de choisir !

SGANARELLE

Hai, hai! mon petit nez, pauvre petit bouchon[151],
770   Tu ne languiras pas longtemps, je t'en réponds.
Va, chut! Vous le voyez, je ne lui fais pas dire:
Ce n'est qu'après moi seul que son âme respire[152].

VALÈRE

Eh bien, Madame, eh bien! c'est s'expliquer assez;
Je vois par ce discours de quoi vous me pressez,
775   Et je saurai dans peu vous ôter la présence
De celui qui vous fait si grande violence[153].

ISABELLE

Vous ne me sauriez faire un plus charmant plaisir;
Car enfin cette vue est fâcheuse à souffrir,
Elle m'est odieuse et l'horreur est si forte…

SGANARELLE   [43]

780   Eh! eh!

ISABELLE

Vous offensé-je en parlant de la sorte?
Fais-je…

SGANARELLE

Mon Dieu, nenni, je ne dis pas cela;
Mais je plains, sans mentir, l'état où le voilà,
Et c'est trop hautement que ta haine se montre.

---

151 *Bouchon/bouchonne* : terme d'affection donné aux petits enfants et aux
      jeunes filles de basse condition, précise Furetière.
152 *Respirer* : désirer avec ardeur.
153 Diérèse sur violence.

ISABELLE

Je n'en puis trop montrer en pareille rencontre[154].

VALÈRE

785   Oui, vous serez contente, et dans trois jours vos yeux
Ne verront plus l'objet qui vous est odieux.

ISABELLE

À la bonne heure ! Adieu !

SGANARELLE[155]

                              Je plains votre infortune ;
Mais...

VALÈRE

Non, vous n'entendrez de mon cœur plainte
                                        [aucune.
Madame, assurément, rend justice à tous deux ;
790   Et je vais travailler à contenter ses vœux.
Adieu.

SGANARELLE

Pauvre garçon, sa douleur est extrême.
Tenez, embrassez-moi, c'est un autre elle-même.

Scène x   [44]
ISABELLE, SGANARELLE

SGANARELLE

Je le tiens fort à plaindre.

---

154 *Rencontre* : occasion, circonstance.
155 Il s'adresse à Valère.

ISABELLE

Allez, il ne l'est point.

SGANARELLE

Au reste, ton amour me touche au dernier point,
795   Mignonnette, et je veux qu'il ait sa récompense.
C'est trop que de huit jours pour ton impatience,
Dès demain je t'épouse, et n'y veut appeler...

ISABELLE

Dès demain?

SGANARELLE

Par pudeur tu feins d'y reculer;
Mais je sais bien la joie où ce discours te jette,
800   Et tu voudrais déjà que la chose fût faite.

ISABELLE

Mais...

SGANARELLE

Pour ce mariage allons tout préparer.

ISABELLE[156]

Ô Ciel, inspire-moi ce qui peut le parer!

Fin du second acte.

---

156 *À part.*

ACTE III   [45]

Scène PREMIÈRE

ISABELLE

Oui, le trépas cent fois me semble moins à craindre
Que cet hymen fatal où l'on veut me contraindre ;
805   Et tout ce que je fais pour en fuir les rigueurs
Doit trouver quelque grâce auprès de mes censeurs.
Le temps presse, il fait nuit ; allons sans crainte
                                              [aucune
À la foi d'un amant commettre ma fortune[157].

Scène II   [46]
SGANARELLE, ISABELLE

SGANARELLE

Je reviens, et l'on va pour demain de ma part[158]…

ISABELLE

810   Ô Ciel !

SGANARELLE

C'est toi, mignonne ? Où vas-tu donc si tard ?
Tu disais qu'en ta chambre, étant un peu lassée,
Tu t'allais renfermer, lorsque je t'ai laissée ;
Et tu m'avais prié même que mon retour

---

157 *Commettre ma fortune* : confier mon sort. L'action d'Isabelle est en effet
      fort audacieuse de fuir le domicile du tuteur pour se jeter dans les bras
      d'un galant !
158 Réplique prononcée à l'adresse de ceux qui sont dans sa maison, avant
      que Sganarelle ne tombe sur Isabelle.

T'y souffrît en repos jusques à demain jour[159].

SGANARELLE *(à corriger)*

ISABELLE

815   Il est vrai, mais...

SGANARELLE
              Et quoi?

ISABELLE
                        Vous me voyez confuse,
Et je ne sais comment vous en dire l'excuse[160].

SGANARELLE
Quoi donc, que pourrait-ce être?

ISABELLE
                        Un secret surprenant.
C'est ma sœur qui m'oblige à sortir maintenant,
Et qui, pour un dessein dont je l'ai fort blâmée,   [47]
820   M'a demandé ma chambre, où je l'ai renfermée.

SGANARELLE
Comment?

ISABELLE
              L'eût-on pu croire? elle aime cet amant
Que nous avons banni.

SGANARELLE
                        Valère?

---

159 Jusqu'à demain, quand il fera jour.
160 Je ne sais comment vous donner la justification de ma présence ici.

ISABELLE

Éperdument ;
C'est un transport si grand qu'il n'en est point de
[même[161],
Et vous pouvez juger de sa puissance extrême,
825 Puisque seule, à cette heure, elle est venue ici
Me découvrir à moi son amoureux souci,
Me dire absolument qu'elle perdra la vie
Si son âme n'obtient l'effet de son envie[162],
Que depuis plus d'un an d'assez vives ardeurs
830 Dans un secret commerce entretenaient leurs cœurs,
Et que même ils s'étaient, leur flamme étant
[nouvelle[163],
Donné de s'épouser une foi mutuelle[164]…

SGANARELLE

La vilaine !

ISABELLE

Qu'ayant appris le désespoir
Où j'ai précipité celui qu'elle aime à voir,
835 Elle vient me prier de souffrir que sa flamme
Puisse rompre un départ qui lui percerait l'âme,
Entretenir ce soir cet amant sous mon nom,
Par la petite rue où ma chambre répond,
Lui peindre, d'une voix qui contrefait la mienne,
840 Quelques doux sentiments dont l'appât le retienne,

---

161 Qu'il n'en est point de semblable.
162 Si elle n'obtient pas ce qu'elle désire.
163 Quand leur flamme était nouvelle.
164 Ils s'étaient réciproquement promis de s'épouser. Si une promesse de
    mariage avait été faite avec quelque solennité, elle était reconnue par
    l'Église.

Et ménager enfin pour elle adroitement   [48]
Ce que pour moi l'on sait qu'il a d'attachement[165].

SGANARELLE

Et tu trouves cela... ?

ISABELLE

                        Moi, j'en suis courroucée.
Quoi, ma sœur, ai-je dit, êtes-vous insensée ?
845   Ne rougissez-vous point d'avoir pris tant d'amour
Pour ces sortes de gens qui changent chaque jour,
D'oublier votre sexe et tromper l'espérance
D'un homme dont le Ciel vous donnait l'alliance ?

SGANARELLE

Il le mérite bien, et j'en suis fort ravi.

ISABELLE

850   Enfin de cent raisons mon dépit[166] s'est servi,
Pour lui bien reprocher des bassesses si grandes,
Et pouvoir cette nuit rejeter ses demandes ;
Mais elle m'a fait voir de si pressants désirs,
A tant versé de pleurs, tant poussé de soupirs,
855   Tant dit qu'au désespoir je porterais son âme
Si je lui refusais ce qu'exige sa flamme,
Qu'à céder malgré moi mon cœur s'est vu réduit ;
Et pour justifier cette intrigue de nuit,
Où me faisait du sang relâcher la tendresse[167],

---

165 Léonor voudrait détourner à son profit l'attachement connu de Valère
     pour Isabelle.
166 *Dépit* : irritation violente.
167 Comprendre que la tendresse pour sa sœur a amené Isabelle à consentir
     à cette intrigue de nuit.

860   J'allais faire avec moi venir coucher Lucrèce[168],
Dont vous me vantez tant les vertus chaque jour.
Mais vous m'avez surprise avec ce prompt retour.

SGANARELLE

Non, non, je ne veux point chez moi tout ce mystère.
J'y pourrais consentir à l'égard de mon frère,
865   Mais on peut être vu de quelqu'un de dehors ;
Et celle que je dois honorer de mon corps,
Non seulement doit être et pudique et bien née[169],
Il ne faut pas que même elle soit soupçonnée[170].
Allons chasser l'infâme, et de sa passion…   [49]

ISABELLE

870   Ah ! vous lui donneriez trop de confusion,
Et c'est avec raison qu'elle pourrait se plaindre
Du peu de retenue où j'ai su me contraindre.
Puisque de son dessein je dois me départir,
Attendez que du moins je la[171] fasse sortir.

SGANARELLE

875   Eh bien, fais !

ISABELLE

          Mais surtout, cachez-vous, je vous prie,
Et sans lui dire rien daignez voir sa sortie.

SGANARELLE

Oui, pour l'amour de toi, je retiens mes transports ;

---

168 Comme témoin irréprochable de sa vertu.
169 *Bien née* : de bonne origine, de bon naturel.
170 La femme de César ne doit pas seulement être soupçonnée…
171 L'original *le* doit être corriger : c'est bien Léonor qu'il s'agit de faire
      sortir.

Mais dès le même instant qu'elle sera dehors,
Je veux, sans différer, aller trouver mon frère.
880   J'aurai joie à courir lui dire cette affaire.

ISABELLE

Je vous conjure donc de ne me point nommer.
Bonsoir, car tout d'un temps[172] je vais me renfermer.

SGANARELLE

Jusqu'à demain, mamie[173]. En quelle impatience
Suis-je de voir mon frère, et lui conter sa chance !
885   Il en tient[174], le bonhomme, avec tout son phébus[175],
Et je n'en voudrais pas tenir vingt bons écus[176].

ISABELLE, *dans la maison*[177].

Oui, de vos déplaisirs[178] l'atteinte m'est sensible.
Mais ce que vous voulez, ma sœur, m'est impossible ;
Mon honneur, qui m'est cher, y court trop de hasard.
890   Adieu, retirez-vous avant qu'il soit plus tard.

---

172 Immédiatement.
173 Après cette réplique, tandis qu'Isabelle rentre dans la maison, Sganarelle
     reste seul dehors.
174 *En tenir* : être dupe, être trompé.
175 « On dit proverbialement qu'un homme parle *phoebus* lorsque, en affec-
     tant de parler en termes magnifiques, il tombe dans le galimatias et
     l'obscurité » (Furetière). Cette désignation est particulièrement mal
     appropriée aux propos tenus par Ariste au début du premier acte !
176 Comprendre : je ne voudrais pas parier 20 écus qu'Ariste n'est pas
     trompé. Sganarelle est persuadé que Léonor trompe Ariste.
177 Voici la suite des événements scéniques : Isabelle rentrée fait mine
     (comme le Sganarelle du *Médecin volant* avec son prétendu frère !) de
     parler à Léonor, qui n'est point là, puis ressort (sans doute en se voilant
     pour n'être pas reconnue de Sganarelle et en imitant la voix de sa sœur)
     de la maison, Sganarelle étant persuadé que c'est Léonor qui s'en va et
     qu'il suit de loin.
178 *Déplaisirs* : sens fort de « malheurs ».

SGANARELLE   [E] [50]
La voilà qui, je crois, peste de belle sorte.
De peur qu'elle revînt, fermons à clef cette porte.

ISABELLE
Ô Ciel, dans mes desseins ne m'abandonnez pas !

SGANARELLE
Où pourra-t-elle aller ? Suivons un peu ses pas.

ISABELLE
895   Dans mon trouble du moins, la nuit me favorise.

SGANARELLE
Au logis du galant, quelle est son entreprise ?

Scène III
VALÈRE, SGANARELLE, ISABELLE

VALÈRE
Oui, oui, je veux tenter quelque effort[179] cette nuit,
Pour parler…Qui va là ?

ISABELLE
                    Ne faites point de bruit,
Valère ! on vous prévient[180], et je suis Isabelle.

SGANARELLE[181]
900   Vous en avez menti, chienne, ce n'est pas elle.

---

179 *Effort* : haut fait, entrepris avec quelque violence.
180 *On*, c'est Isabelle elle-même, qui devance (*prévient*) Valère venu l'enlever.
181 C'est toujours à l'écart que Sganarelle voit et commente la rencontre entre
     Valère, sorti assez brusquement, et Isabelle, qu'il prend toujours pour Léonor.

De l'honneur que tu fuis elle suit trop les lois,
Et tu prends faussement et son nom et sa voix.

ISABELLE

Mais à moins de vous voir par un saint hyménée…

VALÈRE   [51]

Oui, c'est l'unique but où tend ma destinée ;
905   Et je vous donne ici ma foi que dès demain
Je vais où vous voudrez recevoir votre main.

SGANARELLE

Pauvre sot qui s'abuse !

VALÈRE

                    Entrez en assurance !
De votre argus dupé je brave la puissance,
Et devant qu'il[182] vous pût ôter à mon ardeur,
910   Mon bras de mille coups lui percerait le cœur.

SGANARELLE

Ah ! je te promets bien que je n'ai pas envie
De te l'ôter, l'infâme à ses feux asservie[183],
Que du don de ta foi je ne suis point jaloux,
Et que, si j'en suis cru, tu seras son époux.
915   Oui, faisons-le surprendre avec cette effrontée.
La mémoire du père, à bon droit respectée,
Jointe au grand intérêt que je prends à la sœur,
Veut que du moins on tâche à lui rendre l'honneur[184].

---

182 *Devant que* : avant que.
183 Dans l'esprit de Sganarelle, l'infâme est bien toujours Léonor.
184 Sganarelle pense qu'en mariant Valère et Léonor, à la fois sera réparé
l'honneur de Léonor et respecté la mémoire de son père. Et cela sera
bien fait pour son frère Ariste, qui ne pourra pas épouser Léonor !

Holà[185] !

Scène IV   [E ij] [52]

SGANARELLE, LE COMMISSAIRE,

NOTAIRE ET SUITE

LE COMMISSAIRE

Qu'est-ce ?

SGANARELLE

Salut, Monsieur le Commissaire.

920   Votre présence en robe est ici nécessaire.

Suivez-moi, s'il vous plaît, avec votre clarté[186].

LE COMMISSAIRE

Nous sortions…

SGANARELLE

Il s'agit d'un fait assez hâté[187].

LE COMMISSAIRE

Quoi ?

SGANARELLE

D'aller là-dedans, et d'y surprendre ensemble

Deux personnes qu'il faut qu'un bon hymen assemble.

925   C'est une fille à nous que, sous un don de foi[188],

Un Valère a séduite et fait entrer chez soi.

Elle sort de famille, et noble, et vertueuse.

---

185 Sganarelle frappe à la porte du Commissaire.

186 Avec votre flambeau.

187 *Être hâté* : être pressé.

188 *Sous un don de foi* : en lui faisant une promesse de mariage.

Mais…

LE COMMISSAIRE
Si c'est pour cela, la rencontre est heureuse,
Puisque ici nous avons un notaire !

SGANARELLE   [53]
Monsieur ?

LE NOTAIRE
930   Oui, notaire royal[189].

LE COMMISSAIRE
De plus homme
[d'honneur.

SGANARELLE
Cela s'en va sans dire. Entrez par cette porte,
Et sans bruit ayez l'œil que personne n'en sorte.
Vous serez pleinement contenté[190] de vos soins ;
Mais ne vous laissez pas graisser la patte, au moins.

LE COMMISSAIRE
935   Comment ? vous croyez donc qu'un homme de
[justice…

SGANARELLE
Ce que j'en dis n'est pas pour taxer[191] votre office.
Je vais faire venir mon frère promptement.
Faites que le flambeau m'éclaire seulement.

---

189 À la différence du notaire seigneurial, confiné dans un petit territoire,
le *notaire royal* pouvait exercer dans toute l'étendue de la justice royale.
190 *Contenter* : payer.
191 *Taxer* : accuser.

Je vais le réjouir, cet homme sans colère.
940   Holà[192] !

Scène v   [E iij] [54]
ARISTE, SGANARELLE

ARISTE

Qui frappe ? ! Ah ! ah ! que voulez-vous,
[mon frère ?

SGANARELLE

Venez, beau directeur[193], suranné damoiseau.
On veut vous faire voir quelque chose de beau[194].

ARISTE

Comment !

SGANARELLE

Je vous apporte une bonne nouvelle.

ARISTE

Quoi ?

SGANARELLE

Votre Léonor, où, je vous prie, est-elle ?

ARISTE

945   Pourquoi cette demande ? Elle est, comme je crois,

---

192 Sganarelle frappe cette fois à la porte d'Ariste.
193 Selon Furetière, *directeur* s'employait absolument pour désigner le direc-
    teur de conscience.
194 Pour le mouvement de ce début de scène, *cf. Les Adelphes* de Térence,
    vers 724-727.

Au bal chez son amie.

SGANARELLE

Eh ! oui, oui. Suivez-moi,
Et vous verrez à quel bal la donzelle est allée.

ARISTE

Que voulez-vous conter ?

SGANARELLE

Vous l'avez bien stylée[195] :
« Il n'est pas bon de vivre en sévère censeur ;   [55]
950   On gagne les esprits par beaucoup de douceur ;
Et les soins défiants, les verrous et les grilles
Ne font pas la vertu des femmes ni des filles ;
Nous les portons au mal par tant d'austérité,
Et leur sexe demande un peu de liberté[196]. »
955   Vraiment, elle en a pris tout son soûl, la rusée,
Et la vertu chez elle est fort humanisée[197].

ARISTE

Où veut donc aboutir un pareil entretien ?

SGANARELLE

Allez, mon frère aîné, cela vous sied fort bien ;
Et je ne voudrais pas pour vingt bonnes pistoles
960   Que vous n'eussiez ce fruit de vos maximes folles.
On voit ce qu'en deux sœurs nos leçons ont produit :
L'une fuit ce galant, et l'autre le poursuit.

---

195 *Styler* : modeler.
196 Reprise ironique, paraphrasés ou presque exacts, des propos d'Ariste en
    I, 2, vers 165-168.
197 La vertu est devenue humaine, traitable, moins sauvage.

ARISTE
Si vous ne me rendez cette énigme plus claire…

SGANARELLE
L'énigme est que son bal est chez Monsieur Valère ;
965   Que de nuit je l'ai vue y conduire ses pas,
Et qu'à l'heure présente elle est entre ses bras.

ARISTE
Qui ?

SGANARELLE
Léonor.

ARISTE
Cessons de railler, je vous prie.

SGANARELLE
Je raille ? Il est fort bon avec sa raillerie !
Pauvre esprit, je vous dis, et vous redis encor,
970   Que Valère chez lui tient votre Léonor,
Et qu'ils s'étaient promis une foi mutuelle
Avant qu'il eût songé de poursuivre Isabelle.

ARISTE   [56]
Ce discours d'apparence est si fort dépourvu…

SGANARELLE
Il ne le croira pas encore en l'ayant vu.
975   J'enrage. Par ma foi, l'âge ne sert de guère
Quand on n'a pas cela[198].

---

198 De la cervelle ; et Sganarelle doit toucher son front.

ARISTE

Quoi ? vous voulez, mon frère… ?

SGANARELLE

Mon Dieu, je ne veux rien. Suivez-moi seulement,
Votre esprit tout à l'heure[199] aura contentement ;
Vous verrez si j'impose[200], et si leur foi donnée
980   N'avait pas joint leurs cœurs depuis plus d'une
                                              [année.

ARISTE

L'apparence[201] qu'ainsi, sans m'en faire avertir,
À cet engagement elle eût pu consentir,
Moi qui dans toute chose ai, depuis son enfance,
Montré toujours pour elle entière complaisance,
985   Et qui cent fois ai fait des protestations
De ne jamais gêner ses inclinations[202] ?

SGANARELLE

Enfin, vos propres yeux jugeront de l'affaire.
J'ai fait venir déjà commissaire et notaire :
Nous avons intérêt[203] que l'hymen prétendu[204]
990   Répare sur-le-champ l'honneur qu'elle a perdu ;
Car je ne pense pas que vous soyez si lâche[205]
De vouloir l'épouser avecque cette tache,

---

199 Tout de suite.
200 « *Imposer* : tromper, en faire accroire » (Richelet).
201 Toute la réplique est sous le régime de l'interrogation : quelle apparence
     que ? Comment pourrais-je croire que ?
202 Et qui cent fois ai déclaré (*protester*) que je ne contraindrais jamais
     tyranniquement (*gêner*) ses inclinations.
203 L'original *intérêts* n'est pas absolument impossible.
204 L'hymen dont parlait Valère et Isabelle, crue Léonor par Sganarelle, aux
     vers 903 et suivants.
205 Mou, veule.

Si vous n'avez encor quelques raisonnements
Pour vous mettre au-dessus de tous les bernements[206].

ARISTE

995   Moi, je n'aurai jamais cette faiblesse extrême
De vouloir posséder un cœur malgré lui-même.
Mais je ne saurais croire enfin…

SGANARELLE

                              Que de discours !   [57]
Allons, ce procès-là continuerait toujours.

Scène VI
LE COMMISSAIRE, LE NOTAIRE,
SGANARELLE, ARISTE

LE COMMISSAIRE

Il ne faut mettre ici nulle force en usage,
1000   Messieurs ; et si vos vœux ne vont qu'au mariage,
Vos transports en ce lieu se peuvent apaiser :
Tous deux également tendent à s'épouser,
Et Valère déjà, sur ce qui vous regarde,
A signé que pour femme il tient celle qu'il garde.

ARISTE

1005   La fille…

LE COMMISSAIRE

                  Est renfermée et ne veut point sortir
Que vos désirs aux leurs ne veuillent consentir.

---

206 *Bernements* : au fig., railleries.

Scène VII   [58]
LE COMMISSAIRE, VALÈRE, LE NOTAIRE,
SGANARELLE, ARISTE

VALÈRE, *à la fenêtre*

Non, Messieurs, et personne ici n'aura l'entrée,
Que[207] cette volonté ne m'ait été montrée.
Vous savez qui je suis, et j'ai fait mon devoir
1010   En vous signant l'aveu qu'on peut vous faire voir.
Si c'est votre dessein d'approuver l'alliance[208],
Votre main peut aussi m'en signer l'assurance ;
Sinon, faites état de m'arracher le jour[209]
Plutôt que de m'ôter l'objet de mon amour.

SGANARELLE

1015   Non, nous ne songeons pas à vous séparer d'elle.
Il ne s'est point encor détrompé d'Isabelle[210] ;
Profitons de l'erreur.

ARISTE
Mais, est-ce Léonor… ?

SGANARELLE
Taisez-vous.

ARISTE
Mais…

---

207 *Que*, conjonction marquant la restriction : « sans que », « à moins que ».
208 Diérèse.
209 Soyez certains que vous m'arracheriez le jour.
210 Sganarelle fait sa réflexion à part. Il est toujours dans son erreur et donc
    persuadé que Valère croit être avec Isabelle et non avec Léonor (il ne
    s'est point détrompé d'Isabelle).

SGANARELLE   [59]
Paix, donc.

ARISTE
Je veux savoir…

SGANARELLE
Encor ?
Vous tairez-vous ? vous dis-je.

VALÈRE
Enfin, quoi qu'il advienne,
1020 Isabelle a ma foi ; j'ai de même la sienne,
Et ne suis point un choix, à tout examiner,
Que vous soyez reçus à faire condamner[211].

ARISTE
Ce qu'il dit là n'est pas…

SGANARELLE
Taisez-vous, et pour cause.
Vous saurez le secret. Oui, sans dire autre chose,
1025 Nous consentons tous deux que vous soyez l'époux
De celle qu'à présent on trouvera chez vous.

LE COMMISSAIRE
C'est dans ces termes-là que la chose est conçue,
Et le nom est en blanc pour ne l'avoir point vue[212].
Signez. La fille après vous mettra tous d'accord.

---

211 Que vous soyez autorisés, que vous ayez la possibilité de le faire condamner
en justice.
212 Parce que je n'ai point vu la jeune fille.

VALÈRE

1030   J'y consens de la sorte.

SGANARELLE

                              Et moi, je le veux fort.
Nous rirons bien tantôt. Là, signez donc, mon frère,
L'honneur vous appartient.

ARISTE   [60]

                              Mais quoi, tout ce
                                        [mystère…

SGANARELLE

Diantre, que de façons ! Signez, pauvre butor.

ARISTE

Il parle d'Isabelle, et vous de Léonor.

SGANARELLE

1035   N'êtes-vous pas d'accord, mon frère, si c'est elle,
De les laisser tous deux à leur foi mutuelle ?

ARISTE

Sans doute[213].

SGANARELLE

                              Signez donc ; j'en fais de même aussi.

ARISTE

Soit, je n'y comprends rien.

SGANARELLE

                              Vous serez éclairci.

_____

213 Assurément.

LE COMMISSAIRE

Nous allons revenir.

SGANARELLE

          Or çà, je vais vous dire
1040 La fin de cette intrigue.

Scène VIII   [61]

LÉONOR, LISETTE, SGANARELLE, ARISTE

LÉONOR

          Oh! l'étrange[214] martyre!
Que tous ces jeunes fous me paraissent fâcheux!
Je me suis dérobée au bal pour l'amour d'eux[215].

LISETTE

Chacun d'eux près de vous veut se rendre agréable.

LÉONOR

Et moi, je n'ai rien vu de plus insupportable;
1045 Et je préférerais le plus simple entretien
À tous les contes bleus[216] de ces discours de rien;
Ils croyent[217] que tout cède à leur perruque blonde,
Et pensent avoir dit le meilleur mot du monde
Lorsqu'ils viennent, d'un ton de mauvais goguenard[218],
1050 Vous railler sottement sur l'amour d'un vieillard;

---

214 *Étrange* : extraordinaire.
215 *Pour l'amour d'eux* est ironique : Léonor a quitté le bal à cause des galants fâcheux.
216 *Contes bleus* : récits fabuleux, contes de fées, par référence aux petits livres populaires à couverture bleu (la Bibliothèque bleue des éditeurs troyens), qui renfermaient des romans de chevalerie ou de contes de fées.
217 Ce mot compte bien pour deux syllabes.
218 Le *goguenard* fait de mauvaises plaisanteries.

Et moi d'un tel vieillard je prise plus le zèle[219]
Que tous les beaux transports d'une jeune cervelle.
Mais n'aperçois-je pas...

SGANARELLE
            Oui, l'affaire est ainsi.
Ah ! je la vois paraître, et la servante aussi.

ARISTE   [F] [62]
1055   Léonor, sans courroux, j'ai sujet de me plaindre.
       Vous savez si jamais j'ai voulu vous contraindre,
       Et si plus de cent fois je n'ai pas protesté
       De laisser à vos vœux leur pleine liberté ;
       Cependant votre cœur, méprisant mon suffrage,
1060   De foi comme d'amour à mon insu s'engage.
       Je ne me repens pas de mon doux traitement,
       Mais votre procédé me touche assurément ;
       Et c'est une action que n'a pas méritée
       Cette tendre amitié[220] que je vous ai portée.

LÉONOR
1065   Je ne sais pas sur quoi vous tenez ce discours ;
       Mais croyez que je suis de même que toujours,
       Que rien ne peut pour vous altérer mon estime,
       Que toute autre amitié me paraîtrait un crime,
       Et que, si vous voulez satisfaire mes vœux,
1070   Un saint nœud dès demain nous unira nous deux.

ARISTE
       Dessus quel fondement venez-vous donc, mon
                                    [frère... ?

---

219 Le *zèle* : l'amour.
220 Amour.

SGANARELLE

Quoi, vous ne sortez pas du logis de Valère ?
Vous n'avez point conté vos amours aujourd'hui ?
Et vous ne brûlez pas depuis un an pour lui ?

LÉONOR

1075   Qui vous a fait de moi de si belles peintures,
Et prend soin de forger de telles impostures ?

Scène IX   [63]

ISABELLE, VALÈRE, LE COMMISSAIRE, LE NOTAIRE,
ERGASTE, LISETTE, LÉONOR, SGANARELLE, ARISTE

ISABELLE

Ma sœur, je vous demande un généreux pardon,
Si de mes libertés j'ai taché votre nom ;
Le pressant embarras d'une surprise extrême
1080   M'a tantôt inspiré ce honteux stratagème.
Votre exemple condamne un tel emportement ;
Mais le sort nous traita nous deux diversement.
Pour vous[221], je ne veux point, Monsieur, vous
                                    [faire excuse ;
Je vous sers beaucoup plus que je ne vous abuse.
1085   Le Ciel pour être joints ne nous fit pas tous deux ;
Je me suis reconnue indigne de vos vœux,
Et j'ai bien mieux aimé me voir aux mains d'un
                                    [autre,
Que ne pas mériter un cœur comme le vôtre.

VALÈRE

Pour moi, je mets ma gloire et mon bien souverain

---

221 Elle s'adresse à Sganarelle, comme va le faire Valère.

1090   À la pouvoir, Monsieur, tenir de votre main.

                    ARISTE   [F ij] [64]
       Mon frère, doucement, il faut boire la chose.
       D'une telle action[222] vos procédés sont cause ;
       Et je vois votre sort malheureux à ce point,
       Que, vous sachant dupé, l'on ne vous plaindra point.

                    LISETTE
1095   Par ma foi, je lui sais bon gré de cette affaire,
       Et ce prix de ses soins est un trait exemplaire[223].

                    LÉONOR
       Je ne sais si ce trait se doit faire estimer,
       Mais je sais bien qu'au moins je ne le puis blâmer.

                    ERGASTE
       Au sort d'être cocu son ascendant[224] l'expose,
1100   Et ne l'être qu'en herbe est pour lui douce chose.

                    SGANARELLE
       Non, je ne puis sortir de mon étonnement[225].
       Cette déloyauté[226] confond mon jugement,
       Et je ne pense pas que Satan en personne
       Puisse être si méchant qu'une telle friponne.
1105   J'aurais pour elle au feu mis la main que voilà.
       Malheureux qui se fie à femme après cela !
       La meilleure est toujours en malice[227] féconde ;

---

222 Diérèse.
223 Comprendre : c'est bien fait pour lui, et la manière dont il est payé de
    sa conduite avec Isabelle peut servir d'exemple.
224 *Son ascendant* : l'influence des astres sur sa destinée.
225 *Étonnement* : sens fort de « stupéfaction ».
226 VAR. de 1682 : *Cette ruse d'enfer.*
227 *Malice* : méchanceté, perversité (sens vieilli au XVIIe siècle).

C'est un sexe engendré pour damner tout le monde.
J'y renonce à jamais, à ce sexe trompeur,
1110   Et je le donne tout au diable de bon cœur.

ERGASTE   [65]
Bon.

ARISTE
Allons tous chez moi. Venez, Seigneur Valère,
Nous tâcherons demain d'apaiser sa colère.

LISETTE
Vous[228], si vous connaissez des maris loups-garous[229],
Envoyez-les au moins à l'école chez nous.

FIN.

---

228 Lisette s'adresse au public.
229 *Loup-garou* : « se dit figurément d'un homme bourru et fantasque, qui
    vit seul et éloigné de toute compagnie » (Furetière).

PRIVILÈGE   [n. p.]
du Roi

Louis, par la grâce de Dieu, roi de France et de Navarre, à nos amés et féaux Conseillers, les gens tenant nos cours de Parlement, Maître des requêtes de notre hôtel, Baillis, Sénéchaux, leurs Lieutenants et tous autres nos officiers et justiciers qu'il appartiendra, SALUT. Notre amé *Jean-Baptiste Poquelin de Molière, comédien de la troupe de notre très cher et très amé frère unique le duc d'Orléans*, Nous a fait exposer qu'il aurait depuis peu composé pour notre divertissement une [n. p.] pièce de théâtre en trois actes, intitulée *L'École des maris*, qu'il désirerait faire imprimer ; mais parce qu'il serait arrivé qu'en ayant ci-devant composé quelques autres, aucunes d'icelles auraient été prises et transcrites par des particuliers qui les auraient fait imprimer, vendre et débiter en vertu des Lettres de Privilèges qu'ils auraient surprises en notre grande Chancellerie à son préjudice et dommage ; pour raison de quoi il y aurait eu instance en notre Conseil, jugée à l'encontre d'un nommé Ribou, libraire, imprimeur, en faveur de l'exposant, lequel craignant que celle-ci ne lui soit pareillement prise, et que par ce moyen il ne soit privé du fruit qu'il en pourrait retirer, Nous aurait requis lui accorder nos Lettres, avec les défenses sur ce nécessaires. À Ces causes, désirant favora[n. p.]blement traiter l'exposant, Nous avons permis et permettons par ces présentes, de faire imprimer, vendre et débiter en tous les lieux de notre Royaume la susdite pièce, en tels volumes, marques et caractères que bon lui semblera, durant l'espace de sept années, à commencer du jour qu'elle sera achevée d'imprimer pour la première fois, à condition qu'il en sera mis deux exemplaires en notre Bibliothèque publique, en celle de notre Cabinet du château du Louvre, comme aussi une en celle de notre très cher et féal le Sieur Séguier Chevalier, Chancelier de France, avant que de les exposer en vente, à peine de nullité. Faisant défense très expresses à toutes personnes de quelque qualité et condition qu'elles soient, d'imprimer, faire imprimer, vendre ni débiter la susdite pièce en au[n. p.]cun lieu de notre obéissance durant le temps, sous quelque titre ou prétexte que ce soit, sans le consentement de l'exposant, à peine de confiscation des exemplaires, quinze cents livres d'amende, applicable un tiers à l'Hôpital général, un tiers au dénonciateur, et l'autre audit exposant, et de tous dépens, dommages et intérêts. Voulons en outre qu'aux copies des présentes collationnées par l'un de nos amés et féaux Secrétaires, foi soit ajoutée comme à l'original. Commandons au premier notre Huissier ou Sergent sur ce requis, faire pour l'exécution des présentes tous exploits nécessaires, sans pour ce demander autre permission. CAR tel est notre plaisir. DONNÉ à Fontainebleau le neuvième jour de juillet, l'an de grâce mil six cent soixante et un, et de notre Règne [n. p.] le dix-neuvième. Par le Roi en son Conseil, RENOUARD.

Ledit Sieur de Molière a cédé et transporté son Privilège à Charles de Sercy, marchand-libraire à Paris, pour en jouir selon l'accord fait entre eux.

Et ledit Sercy a associé audit Privilège Guillaume de Luyne, Jean Guignard, Claude Barbin et Gabriel Quinet, aussi marchands-libraires, pour en jouir ensemblement, suivant l'accord fait entre eux.

Registré sur le Livre de la Communauté suivant l'arrêt de la Cour du Parlement.

Signé DU BRAY, *Syndic.*

Achevé d'imprimer le 20. août 1661.

LES FÂCHEUX

INTRODUCTION

Le succès de *L'École des maris* se mesura aussi à l'intérêt que portèrent à Molière les grands du royaume, qui invitèrent la troupe et lui offrirent des « largesses », comme dit le Registre de La Grange ; *L'École des maris* fut donnée devant le roi, Madame, les proches de la reine à la mi-juillet 1661. Et aussi à Vaux-le-Vicomte, le 11 juillet dans le château dont le surintendant Nicolas Fouquet avait confié la reconstruction aux meilleurs artistes : Louis Le Vau pour les bâtiments, André Le Nôtre pour l'aménagement des jardins.

Un mois plus tard, Fouquet réinvita la troupe pour orner une grande fête par laquelle il pensait éblouir le roi, mais qui accéléra sa chute : c'est pour cette fête que Molière créa ses *Fâcheux*, la première de ses comédies-ballets.

LE SPECTACLE DE VAUX

LA FÊTE NOCTURNE DU 17 AOÛT 1661

Il faut relire, avec celle de Félibien[1], la belle et sensible relation que La Fontaine donna de cette fête dans une lettre à son ami Maucroix, du 22 août 1661[2].

C'est à six heures du soir, alors que la fraîcheur songeait à s'épandre en cette chaude journée d'août, qu'arrivèrent le roi et sa suite. On commença par la promenade : « la chaleur du jour étant passée, le roi entra dans le jardin où l'art a employé tout ce qu'il y a de beau[3] », dit Félibien. De fait, Le Nôtre, contrôleur général des jardins du roi (parallèlement occupé des jardins de Versailles), avait remodelé le terrain par des terrasses, utilisant la déclivité, transformant la petite rivière en canal et usant des ressources de l'eau, mêlant la symétrie des masses à la fantaisie des détails, bassins, parterres, cascade, grotte se succédant, selon l'axe de l'allée centrale, tandis que le parc se peuplait de statues. « Toute la cour regarda les eaux avec grand plaisir[4] », indique La Fontaine – le poète protégé de Fouquet, qui sut si bien chanter eaux rafraîchissantes et rafraîchissantes verdures de Vaux. Pour le roi et sa suite, les réjouissances se poursuivirent ainsi : un souper magnifique, la comédie de Molière avec les entrées de ballet, le feu d'artifice et une ultime collation. On retrouvera ce programme dans

---

1   André Félibien, *Relation des magnificences faites par M. Fouquet à Vaux-le-Vicomte lorsque le Roy y alla, le 17 août 1661, et de la somptuosité de ce lieu.* Nous publions ce texte en Annexe, *infra*, p. 229-236.
2   Texte également en annexe, *infra*, p. 221-228.
3   P. 230.
4   P. 222.

les fêtes royales dont Louis XIV se réservera désormais l'exclusivité.

La comédie moliéresque prend donc place au sein de la fête ; il en sera ainsi pratiquement de toutes les comédies-ballets suivantes de Molière. Et au sein d'une fête de plein air : le jardin de Vaux fournit encore son cadre à la comédie-ballet des *Fâcheux*, comme aux illuminations et feux d'artifice de la nuit (ce que La Fontaine appelle le plaisir du feu).

« On avait dressé le théâtre au bas de l'allée des sapins[5] », raconte La Fontaine, un bel endroit de ce parc de Vaux-le-Vicomte « si délectable » :

> Au pied de ces sapins et sous la grille d'eau,
> Parmi la fraîcheur agréable
> Des fontaines, des bois, de l'ombre et des zéphyrs,
> Furent préparés les plaisirs
> Que l'on goûta cette soirée.
> De feuillages touffus la scène était parée,
> Et de cent flambeaux éclairée[6]…

Il ajoute que les décorations de ce théâtre tapissé de verdure étaient magnifiques. Assurément, quand on sait les auteurs de ces magnifiques décorations et des machines surprenantes ! Elles furent l'œuvre du peintre Charles Le Brun, appelé par Fouquet pour la décoration du château, et de l'Italien Giacomo Torelli, celui qu'on surnommait le « *gran stregone* » (le grand magicien) et que Mazarin avait fait venir de Venise où, comme décorateur et machiniste des opéras, il émerveillait les spectateurs du *Teatro Novissimo*. Une gravure conservée au Kunsthistoriches Museum de Vienne

---

5   P. 223, Félibien indique que le théâtre était dressé « dans le bois de haute futaie, avec quantité de jets d'eau, plusieurs niches et autres enjolivements » (p. 233).

6   P. 223.

montre les décors somptueux, ouverts sur le hors-scène, qu'a réalisés Torelli pour la pièce de Molière[7]. Observons en quels termes La Fontaine parle de leur œuvre pour la réalisation des *Fâcheux* :

> Deux enchanteurs pleins de savoir
> Firent tant par leur imposture,
> Qu'on crut qu'ils avaient le pouvoir
> De commander à la nature[8].

Magie, illusion, surprise : esthétique baroque.

On remarquera au passage que la fiction des *Fâcheux* est censée se dérouler sous des arbres, dans un parc, et que la nuit tombe au cours de la pièce[9], au point qu'à la dernière scène Orphise arrive avec un flambeau. Étrange redoublement entre le temps et l'espace de la représentation du 17 août 1661 et ceux de l'action théâtrale fictive – et autre reflet baroque !

Le prologue des *Fâcheux* offre un intéressant passage du cadre réel à la fiction, enrichi de surprises et de métamorphoses étonnantes. Pour commencer, écoutons Molière lui-même :

> D'abord que la toile fut levée, un des acteurs, comme vous pourriez dire moi, parut sur le théâtre en habit de ville, et s'adressant au roi avec le visage d'un homme surpris, fit des excuses en désordre sur ce qu'il se trouvait là seul, et manquait de temps et d'acteurs pour donner à Sa Majesté le divertissement qu'elle semblait attendre[10].

---

7   Reproduite dans Marie-Claude Canova-Green, « Le jeu du fermé et de l'ouvert dans les comédies-ballets de Molière », [in] *La Scène et les coulisses dans le théâtre du xviiᵉ siècle*, 2011, p. 261-277.
8   P. 224.
9   Voir II, 1, v. 301.
10 Avertissement aux lecteurs des *Fâcheux*, p. 152.

Feint embarras de l'acteur reconnaissable car, au même moment, au milieu de vingt jets d'eau naturels s'ouvrit une coquille d'où sortit Madeleine Béjart, en Naïade. Mais, à ce point, il faut laisser la parole à La Fontaine, plus précis dans sa description :

> D'abord aux yeux de l'assemblée
> Parut un rocher si bien fait
> Qu'on le crut rocher en effet.
> Mais insensiblement se changeant en coquille,
> Il en sortit une nymphe gentille
> Qui ressemblait à la Béjart[11].

Celle-ci débita alors le Prologue, « d'un air héroïque » selon Molière, commandant

> aux divinités qui lui sont soumises de sortir des marbres qui les enferment, et de contribuer de tout leur pouvoir au divertissement de Sa Majesté. Aussitôt les termes et les statues qui font partie de l'ornement du théâtre se meuvent, et il en sort, je ne sais comment, des faunes et des bacchantes qui font l'une des entrées du ballet. C'est une fort plaisante chose que de voir accoucher un terme, et danser l'enfant en venant au monde[12].

Comme le disent les vers du Prologue, dus à Pellisson, le roi – et le machiniste Torelli ! – purent faire que les termes marchent et que les arbres parlent. Une partie des dryades, faunes et satyres sortis des arbres et des termes se mirent donc à danser au son des hautbois et des violons ; l'autre partie de cette population mythologique fut entraînée par la Naïade pour devenir les acteurs de la comédie des *Fâcheux*, qui put alors commencer par la plainte d'Éraste :

---

11   P. 224.
12   La Fontaine, *Lettre à Maucroix*, p. 225.

Sous quel astre, bon Dieu, faut-il que je sois né,
Pour être de fâcheux toujours assassiné !

LA NAISSANCE D'UN GENRE : LA COMÉDIE-BALLET

Tout se passa en musique, note La Fontaine, qui mentionne déjà au Prologue une entrée de ballet. C'est que Molière inventa, avec ses *Fâcheux*, un nouveau spectacle musical, un hybride de théâtre parlé et d'entrées dansées soutenues évidemment par la musique, que nous appelons comédie-ballet[13].

Molière lui-même raconte, au début de son édition des *Fâcheux*, que le genre de la comédie-ballet – « mélange qui est nouveau pour nos théâtres », se plaît-il à souligner – est né fortuitement, sous la pression des circonstances : à cause du petit nombre des danseurs qui devaient donner le ballet, les entrées ont dû être en quelque sorte disloquées et jetées « dans les entractes de la comédie, afin que ces intervalles donnassent temps aux mêmes baladins de revenir sous d'autres habits ». La comédie-ballet résulte du démembrement d'un ballet ! *Les Fâcheux* constituent ainsi un spectacle de théâtre à intermèdes dansés. Molière cultivera ce genre jusqu'à sa mort, en ajoutant un ornement supplémentaire au dialogue parlé : à côté de la chorégraphie, des intermèdes chantés, proprement musicaux. C'est au fond le spectacle des *Fâcheux*, avec son ouverture symphonique et ses entrées de ballet, qui mérite le nom de « comédie-ballet », *stricto sensu*.

Dès lors, notre dramaturge dut collaborer avec d'autres artistes. La seule participation de Lully concerne la courante dansée et chantée par Lysandre en I, 3. Il fallut attendre

---

13   Voir : Charles Mazouer, *Molière et ses comédies-ballets*, nouvelle édition, 2006 (1993) ; et, plus récemment, Marie-Claude Canova-Green, « Ces gens-là se trémoussent bien... » Ébats et débats dans la comédie-ballet de Molière, 2007.

le spectacle musical suivant du *Mariage forcé* pour que
« Baptiste le très cher », comme l'appelle Lysandre (v. 205),
commence une longue et extraordinaire collaboration avec
l'autre Baptiste, Molière – on disait les « deux Baptiste » –,
fondée sur un solide accord humain et esthétique entre les
deux hommes.

Pour *Les Fâcheux*, Molière collabora avec Pierre
Beauchamp, maître à danser du roi et l'un des maîtres
les plus célèbres de l'Académie royale de danse, fondée en
1662, dont il sera le directeur. Issu d'une illustre dynastie
de violonistes et de danseurs, lui-même éduqué dans les
deux arts, il fut parfaitement capable de composer aussi
bien la musique que la chorégraphie de notre première
comédie-ballet. Danseur virtuose, Beauchamp participa à
tous les grands ballets de cour avant de créer la chorégraphie
des opéras de Lully et d'y danser. Il restera jusqu'au bout
le chorégraphe des comédies-ballets de Molière.

Quand il affirme l'originalité de son spectacle, Molière
précise qu'il s'avisa de coudre les intermèdes dansés des
Fâcheux au sujet du mieux possible et, tout en regrettant
que tout n'ait pas pu être « réglé par une même tête » – ce
qui est bien revendiquer à l'avenir le rôle primordial pour
lui, le dramaturge –, et qu'il s'efforça « de ne faire qu'une
seule chose du ballet et de la comédie ». C'était d'emblée
formuler le problème esthétique du genre, avec ses intermèdes dansés : comment faire de parties diversifiées et
sans doute chacune fort agréable – le dialogue récité, les
intermèdes dansés, bientôt aussi les parties musicales –, un
tout véritablement unifié, au-delà d'une simple juxtaposition
selon une esthétique baroque qui se plaît aux contrastes ?
Comment articuler vraiment, en un ensemble harmonieux,
les ornements (on disait aussi à l'époque : les agréments)
de danse et de musique avec le théâtre ? Tel fut le défi

esthétique qui fut proposé à Molière dès *Les Fâcheux*, et tel l'idéal à atteindre : faire entrer naturellement le ballet et la musique dans la comédie. Nous aurons à y revenir en suivant la création moliéresque des comédies-ballets.

LE ROI

Le roi aima le spectacle et entraîna hautement l'approbation de tous – dans la longue dédicace naturellement faite au monarque quand il édita *Les Fâcheux*, Molière glisse cette malicieuse pointe d'ironie à l'égard des courtisans, ce « peuple singe du maître », comme dit La Fontaine en sa fable, cette malice soulignant d'ailleurs la liberté d'esprit du dramaturge. Molière attrapa même au vol, avec rapidité et habileté, une suggestion royale et ajouta sans peine à son défilé de fâcheux un original qui avait son modèle à la cour, le chasseur Dorante (en II, 6). Dans la dédicace, il souligna assez lourdement que *Les Fâcheux* avaient dû leur succès ultérieur à l'ordre que Sa Majesté lui donna d'y ajouter un caractère de fâcheux.

La suite du texte – n'oublions pas que n'obtient pas qui veut la possibilité d'adresser une dédicace au roi ! –, qui représente une offre de service des plus nettes, dans le style de rigueur, mérite d'être longuement citée :

> Il faut avouer, SIRE, que je n'ai jamais rien fait avec tant de facilité, ni si promptement, que cet endroit, où Votre Majesté me commanda de travailler. J'avais une joie à lui obéir, qui me valait bien mieux qu'Apollon et toutes les Muses. Et je conçois par là ce que je serais capable d'exécuter pour une comédie entière, si j'étais inspiré par de pareils commandements. Ceux qui sont nés en un rang élevé peuvent se proposer l'honneur de servir votre MaJESTé dans les grands emplois ; mais pour moi, toute la gloire où je puis aspirer, c'est de la réjouir. Je borne là l'ambition de mes souhaits ; et je crois qu'en quelque

façon ce n'est pas être inutile à la France, que de contribuer quelque chose au divertissement de son roi.

Le très humble, très obéissant et très fidèle serviteur et sujet Jean-Baptiste Poquelin Molière sollicite du roi la joie d'obéir aux commandements de Sa Majesté. L'appel sera tôt entendu et Molière va devenir un des principaux fournisseurs de divertissements royaux, en particulier avec ses comédies-ballets. Admirable : après avoir créé *Les Fâcheux* chez Fouquet et pour Fouquet, le dramaturge, courtisan obligé en son siècle, passa prestement et complètement au service du monarque dont il sera un des favoris préposés aux menus plaisirs[14]!

LA COMÉDIE ET SES ORNEMENTS

TRAME ET STRUCTURE

Le sujet des *Fâcheux*? Un petit drame amoureux entre Éraste, un marquis, et Orphise, qui ne peuvent se rencontrer ni même s'épouser, semble-t-il, puisque Damis, le tuteur d'Orphise, interdit le mariage. Les amoureux se sont donné rendez-vous, mais ce rendez-vous est constamment empêché, reporté, différé. C'est que le destin d'Éraste veut qu'il soit constamment gêné, entravé dans sa marche pour rejoindre Orphise par une théorie de fâcheux qui l'abordent et lui font rater son rendez-vous ; à peine se croit-il débarrassé de

---

14 Pour les implications de ce changement stratégique, voir Hartmut Stenzel, « Écriture comique et remise en ordre politique : Molière et le tournant de 1661, ou De *L'École des maris* à *L'École des femmes* », [in] *Ordre et contestation au temps des classiques*, t. I, 1992, p. 87-98.

l'un de ces gêneurs qu'un nouveau se présente en travers de sa route : « Eh quoi ? toujours ma flamme diverti[15] ! », se plaint-il. À quoi s'ajoute l'humeur d'Éraste, amoureux tremblant et inquiet, vite soupçonneux et quelque peu jaloux – où nous retrouvons un écho de la thématique de *Dom Garcie de Navarre* ; cette thématique est d'ailleurs ici traitée en un débat *in abstracto* entre deux fâcheuses qui veulent vider cette question d'amour dont Éraste serait l'arbitre, question précieuse et galante s'il en est : faut-il être jaloux ? Ou, pour parler comme la fâcheuse Clymène : « Lequel doit plaire plus, d'un jaloux ou d'un autre[16] ? ». Les rendez-vous manqués s'aggravent même de quelques malentendus entre Orphise et Éraste, qui provoquent du dépit amoureux – autre écho d'une comédie antérieure. Bref, la trame de la comédie est faite de cette cascade de fâcheux qui pleuvent (« Je pense qu'il en pleut ici de tous côtés[17] ») littéralement sur le malheureux Éraste et font obstacle à son rendez-vous : Lysandre veut lui faire écouter un air de sa composition, (I, 3) ; Alcandre veut Éraste comme témoin dans un duel (I, 6) ; Alcipe le joueur l'entreprend sur une partie de piquet perdue (II, 2) ; Orante et Clymène le veulent comme arbitre dans un débat galant sur la jalousie (II, 4) ; Dorante lui raconte passionnément une scène de chasse (II, 6) ; Caritidès (III, 2) et Ormin (III, 3) veulent lui faire transmettre au roi placet ou projet utopique. N'oublions pas au fond le premier des fâcheux qui persécutent Éraste, son valet La Montagne, assez niais, dont les sottises retardent et agacent son maître. Ni la collection des danseurs fâcheux qui interviennent entre les actes : joueurs de mail qui l'obligent à se retirer, curieux qui le

---

15 II, 2, v. 303.
16 II, 4, v. 404.
17 II, 1, v. 294.

bousculent (ballet du premier acte); joueurs de boule qui l'arrêtent pour mesurer un coup avant d'être bousculés à leur tour par de petits frondeurs, des savetiers et savetières, et un jardinier (ballet du second acte); jusqu'aux masques fâcheux qui perturbent l'heureuse fin et qu'il faut chasser. Où l'on remarque une certaine continuité réalisée entre la partie dialoguée et la partie dansée des *Fâcheux*. On l'aura compris : *Les Fâcheux* conçus, écrits, appris et représentés en quelques jours – cette déclaration en forme d'excuse adressé au lecteur aura des analogues, tant Molière sera à l'avenir pressé par le temps dans le service du souverain –, sont une comédie à tiroirs, à sketches[18].

On aurait tort d'en conclure trop vite au désintérêt du dramaturge pour la construction de sa pièce – caractère vite étendu à l'ensemble de son œuvre –, ou à une particulière négligence en l'occurrence. La répartition des fâcheux dans la trame suivie de la recherche d'Orphise par Éraste mettrait déjà un tel jugement en doute. Il faut surtout être attentif à la variété dans la manière dont les fâcheux sont introduits et se succèdent. Si l'on met à part le noble fâcheux qui fait scandale sur la scène d'un théâtre et qui est stigmatisé à travers un habile récit d'une centaine de vers (I, 1), tous sont pris sur le vif en venant faire leur numéro devant nous, face à un Éraste qui ne sait comment concilier la courtoise et l'urgent besoin de se débarrasser d'eux. On appréciera la diversité et l'art de varier mis en œuvre par Molière : scènes rapides et vives opposées à des scènes plus étendues, manières différentes, car chaque portrait de fâcheux est

---

18 Voir Jean Serroy, « Aux sources de la comédie-ballet moliéresque. Structures des *Fâcheux* », *Recherches et travaux* (Grenoble), n° 39, 1990, p. 239-246; voir aussi, du même, « Œuvres de commande et écriture à contraintes. Le cas des *Fâcheux* de Molière », *Recherches et travaux* (Grenoble), n° 63, 2003, p. 145-151.

spécifique, de les introduire et de mener le dialogue entre les fâcheux et leur victime Éraste.

Mais le défilé doit bien cesser et la comédie trouver un dénouement. C'est là qu'intervient le tuteur Damis, plus dangereux que les fâcheux simplement gênants, car il est un fâcheux criminel. Non seulement il s'oppose au mariage d'Orphise avec Éraste, mais il organise l'assassinat de ce dernier. Étrange intrusion du péril de mort dans une comédie plutôt légère ! Le projet criminel est surpris et Éraste a même l'occasion de sauver la vie de Damis, qui lui accorde alors aussitôt la main d'Orphise. Dénouement bien rapide et quelque peu extraordinaire et fantaisiste… De rendez-vous ratés en malentendus, plus gravement cible d'une embuscade qui se voulait mortelle, Éraste risquait de ne jamais retrouver son aimée ; mais la comédie devait lui donner un destin différent et heureux pour ses amours.

LES PORTRAITS

Comédie à tiroirs ou à sketches, avons-nous dit. On pourrait dire aussi comédie à portraits. Et la querelle paraît étrange entre ceux, comme Georges Couton dans son édition de Molière, qui voient en action le peinture des mœurs françaises et ceux, comme Georges Forestier et Claude Bourqui, qui affirment que le comique naturel des *Fâcheux* « consiste à prêter des comportements ridicules à des êtres d'imagination semblant provenir du monde réel[19] ». Certes, des personnages de théâtre sont toujours des êtres d'imagination ; mais le génie de Molière est justement de les avoir construits en partant du réel, observé d'un regard critique. Finis les bouffons aux traits codés et passablement invraisemblables ; on veut rire du réel et de sa vérité que

---

19 Notice des *Fâcheux*, *op. cit.*, p. 1278.

saisit l'optique comique. C'est sans aucun doute ce que voulait dire La Fontaine dans sa lettre à Maucroix, quand il loue Molière d'avoir abandonné Plaute, de délaisser les caractères bouffons à la Jodelet, grande figure de farce, et de suivre la nature :

> Et maintenant il ne faut pas
> Quitter la nature d'un pas.

Les allusions à la vie française sont patentes et nombreuses, à commencer par le cadre monarchique, avec le roi Louis XIV qui se veut monarque absolu et interdit le duel[20], ou l'arrière-fond économique du pays, qui fait pulluler donneurs d'avis et solliciteurs. Mais chaque fâcheux de la galerie, s'il est caricaturé dans sa passion et son obsession, révèle un aspect de la vie, des occupations, des milieux du temps et de leur idéologie. On a remarqué cette originalité : *Les Fâcheux* mettent en scène des nobles, autour de ces amants qui ont besoin de trois actes pour se rejoindre ; Félibien, dans sa relation, observe que les mêmes gens de cour qui assistaient au spectacle étaient portés sur la scène. Éraste est marquis, régulièrement apostrophé avec son titre ; Orphise est personne de cour, qu'obsèdent les provinciales[21]. L'homme à grands canons qui s'installe avec fracas sur le théâtre, Lysandre qui chante et danse sa courante, le joueur, le chasseur, le second en duel sont des aristocrates qui reflètent tous la vie réelle. Seuls un Ormin, le

---

20 Écoutons cette déclaration de loyalisme monarchique faite par Éraste : « Un duel met les gens en mauvaise posture, / Et notre roi n'est pas un monarque en peinture. / Il sait faire obéir les plus grands de l'État, / Et je trouve qu'il fait en digne potentat. / Quand il faut le servir, j'ai du cœur pour le faire ; / Mais je ne m'en sens point quand il faut lui déplaire. / Je me fais de son ordre une suprême loi » (I, 6, vers 279-285).
21 Voir II, 3, vers 371-372.

donneur d'avis, ou Caritidès – portrait de pédant renouvelé grâce à l'éclairage réaliste et satirique – ne le sont point.

On pourrait dire ces fâcheux doublement réalistes. D'une manière purement informative et plutôt anecdotique, pour commencer. Car chacun fournit des données techniques extrêmement précises sur son activité de prédilection – la musique ou la danse, la chasse ou le jeu. On n'a pas assez remarqué que les rôles des fâcheux sont remplis de descriptions et de récits particulièrement riches, où Molière met en œuvre un art tout particulier. D'autre part, et de manière beaucoup plus profonde, tous les fâcheux présentent en commun un trait moral (et voilà comment on ne quitte pas la nature d'un pas, comme dit le bon La Fontaine !) ; ce sont des êtres égoïstes, enfermés dans leur préoccupation, dans un moi[22] qui les rend pénibles, insupportables à autrui, à l'amoureux Éraste en l'occurrence qu'ils agressent, en quelque sorte, sans respect – et qui met de tels fâcheux en contradiction avec l'art mondain de vivre en société. Derrière l'anecdote et le réalisme des portraits si vivants, la satire se fait morale, en profondeur.

LES ORNEMENTS

Certes, les évolutions des danseurs procurent déjà un plaisir spécifique – celui que cet observateur si intelligent et si fin qu'est Félibien avoue simplement. Mentionnant les entrées de ballet, il met à part la dernière entrée du ballet du troisième acte, celle de quatre bergers et une bergère[23] : « Celle-ci me sembla la plus belle et je pris un plaisir extrême à voir danser

---

22   Voir Marie-Claude Canova-Green, « Ces gens-là se trémoussent bien... » Ébats et débats dans la comédie-ballet de Molière, 2007, p. 115-132.

23   Cette entrée dût être particulièrement soignée et donc appréciée du public car, selon le livret, « au sentiment de tous ceux qui l'ont vue, [elle] ferme le divertissement d'assez bonne grâce ».

une femme qui dansait entre quatre bergers avec une légèreté et
une grâce incomparables[24] ». Et il conviendrait de se tourner vers
les musicologues pour apprécier précisément l'écriture musicale
de Beauchamp, qui permet un tout petit peu d'entrevoir la
chorégraphie, abolie à jamais, qu'elle soutenait et rythmait[25].
Une relecture de la partition, qu'on regrette de ne pouvoir
publier ici à sa place dans le déroulement de la comédie mais
qui vient d'être publiée par Matthieu Franchin, autorise au
moins cette remarque générale : Beauchamp s'efforce d'adapter
la mélodie, et surtout le rythme au personnage ou au groupe
de personnages, c'est-à-dire à ce qu'ils représentent ainsi qu'à la
situation dansée. Le premier air des Sylvains du début propose
une première séquence plutôt pataude et désarticulée, avant
davantage de rapidité. Au ballet du premier acte, les joueurs
de mail dansent sur des changements de rythme et donnent
une impression de précipitation, tandis que l'air des curieux,
sur le fond d'un rythme pointé, présente ralentissements et
nouveaux départs, avec une mélodie qui descend puis remonte :
le groupe se précipite, s'exalte, bifurque. On pourrait mul-
tiplier les observations de ce genre sur des musiques qui se
tiennent obstinément au ton de sol, majeur ou mineur. Dans
les deux derniers ballets, le dynamisme, la bousculade même
l'emportent, sauf pour le premier air un peu lourd des jardiniers[26], et surtout pour la dernière entrée, celle des bergers,
où le ton pastoral, plus sentimental, débouche, au dernier air,
sur un dynamisme plus exalté.

Mais qu'ajoutent ou que changent, depuis l'ouverture
à la française en sol mineur, les ornements musicaux et

---

24 P. 233-234.
25 Voir les indications d'Anne Piéjus, p. 1272-1274 de la notice des *Fâcheux*
    dans l'édition Forestier-Bourqui, *op. cit.*, t. I.
26 La partition parle des jardiniers alors que le livret ne mentionne qu'un
    seul jardinier à la 4ᵉ entrée du ballet du second acte.

dansés à la signification d'ensemble de la comédie-ballet ?
Car Molière commença bien de réaliser cette unité qu'il
voulait entre l'art du théâtre et l'art de la danse. Et pour
commencer, ne remarque-t-on pas cette connivence entre le
théâtre et la danse, cette sorte de contagion chorégraphique
qui fait penser que les entrées de ballet arrivent comme
un couronnement naturel de la comédie ? La comédie des
Fâcheux, qui accueillit fortuitement des entrées de ballet, ne
les réclamait-elle pas ? La figure de la comédie est, au fond,
un grand pas de deux entre les amants Éraste et Orphise,
mais qui ne pourra jamais vraiment se déployer car l'espace
est saturé par le défilé des fâcheux, c'est-à-dire d'autres
danseurs qui tourbillonnent sans cesse autour d'Éraste ; le
mouvement d'Éraste vers Orphise est constamment entravé,
arrêté, empêché par les importuns, jusqu'au guet-apens
final qui, par la mort d'Éraste, risquerait de faire cesser tout
mouvement. C'est un ballet de fâcheux qui s'interposent
entre les amoureux. Et sans rupture, dirait-on, aux fâcheux
qui parlent succèdent des fâcheux qui dansent réellement
à la fin des actes. On ne saurait pas mieux poser l'unité
esthétique du genre nouveau de la comédie-ballet !

Et la fonction des ornements paraît alors : ils allègent de
toutes les manières. Joliment caricaturés, les fâcheux perdent
de leur gravité par la vertu même du rire ; la danse parachève
l'entreprise. Accompagnés d'importuns transformés en
muets danseurs, en créatures stylisées, à la fois mécaniques
et plus légères, les fâcheux réalistes, humains – les personnages de théâtre –, perdent de leur poids et de leur sérieux.
Le fâcheux criminel Damis n'est pas risible et inquiète
passablement ; mais le coup de théâtre de l'intervention
d'Éraste et sa conséquence effacent le péril au profit du
dénouement heureux. Arrivent alors les violons de la noce
et les derniers masques fâcheux sont bousculés, expulsés

hors de la scène, en un mouvement joyeux. Demeurent le bonheur de l'amour réalisé et la joie légère qu'une dernière entrée de ballet, avec ses bergers et sa bergère, inscrit dans le cadre pastoral, écho d'ailleurs du Prologue. Le ballet a débarrassé le monde de sa pesanteur.

APRÈS VAUX-LE-VICOMTE

Molière a toujours voulu offrir à son public parisien les spectacles de comédie-ballet qu'il avait créés dans les châteaux et résidences royales pour le roi et le public de la cour, quels qu'en soient les frais ; il y parvint très généralement, au prix de quelques aménagements et simplifications inévitables.

Après avoir été une nouvelle fois donnés devant le roi à Fontainebleau, à la fin d'août 1661, *Les Fâcheux* furent présentés au public du Palais-Royal, dans un tout autre cadre que celui de Vaux, le 4 novembre 1661. On ne sait trop ce qui resta des décors et de la petite machinerie de Le Brun et de Torelli ; mais on a l'assurance que les entrées dansées furent données, qui eurent leur prix de revient. Le Registre de La Grange nous renseigne. Pour la préparation du spectacle, le théâtre fit relâche pendant quelques jours, après le 30 octobre, et, à la date du 4 et à celle du 6 novembre, il est indiqué qu'on a dû payer des frais « pour les habits de ballet » ou « les frais du ballet ».

Cette nouveauté connut un véritable triomphe. Et notre comédie-ballet, volontiers négligée dans le corpus moliéresque, fut constamment reprise, et jusqu'à la fin — preuve du succès durable du vivant de Molière : on compte

106 représentations des *Fâcheux* jusqu'au 4 octobre 1672. Ce qui fait de cette comédie-ballet la troisième pièce de Molière la plus représentée de son vivant. Encore de nos jours, avec ses danses, cette comédie-ballet sait plaire.

Restait à en faire publier le texte, avec la dédicace au roi et l'adresse aux lecteurs. Ce fut fait, après que la pièce eut été représentée sans discontinuité jusqu'à la fin de janvier 1662 ; le privilège est daté du 5 février et l'achevé d'imprimer du 18 février.

LE TEXTE ET LA PARTITION

Notre texte de base est celui de l'édition originale, qui se présente ainsi :

> LES / FACHEUX / *COMEDIE*, / De I. B. P. MOLIERE. / REPRESENTEE SVR LE / Theatre du Palais Royal. / A PARIS, / Chez GVILLAVME DE LVYNE, Li- / braire Iuré, au Palais, dans la Sale [*sic*] des / Merciers, à la Iustice. / M. DC. LXII. / AVEC PRIVILEGE DU ROY. In-12 : [11 ff. : titre ; épître au roi ; avertissement aux lecteurs ; Prologue ; liste des personnages] ; p. 9-76 : texte ; [1 page : privilège].

À la BnF : Rés. Yf 4166. Sur Gallica, on trouve un texte numérisé (NUMM 72546) et un lot d'images numérisées (IFN 8610789).

La musique de Beauchamp et la courante de Lully se trouvent dans un manuscrit établi par Philidor l'aîné (André Philidor), « ordinaire de la Musique du Roy et l'un des deux gardiens de la Bibliothèque de Sa Majesté, A Versailles l'an 1681 ». Ce recueil rassemble la musique de deux mascarades et d'un ballet. Le ballet des *Fâcheux* « dançe devans le Roy a Volvicontte par Mr fouquet lan 1661 » occupe les pages 65 à 84. À noter une erreur de la pagination, qui passe de la page 80 à la page 83 ; mais la partition est bien complète. Il s'agit du t. 44 des mss de la collection Philidor.

À la BnF Musique, sous la cote RES F-530 (C). Numérisé dans Gallica : NUMM 103 685.

Il existe des éditions modernes de cette musique de Pierre Beauchamp : *Le Ballet des « Fâcheux ». Beauchamp's music for Molière's comedy*, éd. George Houle, Bloomington and Indianapolis, Indiana University Press, 1991 (introduction, p. 7 *sq.* ; édition, p. 29-56) ; *Ballet des Fâcheux. Musique pour la comédie de Molière (1661)*, éd. critique de Matthieu Franchin, Versailles, Éditions du Centre de Musique Baroque de Versailles, 2021.

BIBLIOGRAPHIE

ÉDITION

Éd. Jean Serroy, Paris, Gallimard, 2005 (Folio théâtre, 92).

ÉTUDES

SERROY, Jean, « Aux sources de la comédie-ballet moliéresque. Structures des *Fâcheux* », *Recherches et travaux* (Grenoble), nº 39, 1990, p. 239-246.

DANDREY, Patrick, « La Fontaine et Molière à Vaux : la "nature" des *Fâcheux* », *Le Fablier*, VI, 1994, p. 17-22.

« Avec La Fontaine chez Foucquet : André Félibien à Vaux-le-Vicomte (1660-1661) », ensemble présenté par Jacques Thuillier et publié par *Le Fablier*, nº 11, 1999, p. 12-51.

SERROY, Jean, « Œuvres de commande et écriture à contraintes. Le cas des *Fâcheux* de Molière », *Recherches et travaux* (Grenoble), nº 63, 2003, p. 145-151.

RIFFAUD, Alain, « Pour un nouvel examen des *Fâcheux* de Molière (1662) », *Bulletin du bibliophile*, 2010-1, p. 119-130.

CANOVA-GREEN, Marie-Claude, « *Les Fâcheux* : début ou fin d'un genre ? », [in] *Molière Re-Envisioned / Renouveau et renouvellement moliéresques. Reprises contemporaines*, sous la direction de M. J. Muratore, Paris, Hermann, 2018, p. 251-266.

Lecomte, Nathalie, « Pierre Beauchamps et *Les Fâcheux*, ou les hasards présidant à la naissance d'un nouveau genre », [in] *Molière et la musique. Des états du Languedoc à la cour du Roi-Soleil*, Paris, Les Éditions de Paris, 2022, p. 31-38 (2004).

LES
FÂCHEUX

COMÉDIE

De J.-B. P. MOLIÈRE.

REPRÉSENTÉE SUR LE
Théâtre du Palais-Royal.

À PARIS,

Chez GUILLAUME DE LUYNE, Libraire-
juré, au Palais, dans la salle des
Merciers, à la Justice.

M. DC. LXII.

Avec Privilège du Roi.

SIRE,

J'ajoute une scène à la comédie, et c'est [ã ij] [n. p.] une espèce de fâcheux assez insupportable qu'un homme qui dédie un livre. VOTRE MAJESTÉ en sait des nouvelles plus que personne de son royaume, et ce n'est pas d'aujourd'hui qu'elle se voit en butte à la furie des épîtres dédicatoires. Mais bien que je suive [n. p.] l'exemple des autres, et me mette moi-même au rang de ceux que j'ai joués, j'ose dire toutefois à VOTRE MAJESTÉ que ce que j'en ai fait n'est pas tant pour lui présenter un livre, que pour avoir lieu de lui rendre grâce du succès de cette comédie. Je le [ã iij] dois, SIRE, ce succès qui a passé mon attente, non seulement à cette glorieuse approbation dont VOTRE MAJESTÉ honora d'abord[1] la pièce, et qui a entraîné si hautement celle de tout le monde, mais encore à l'ordre qu'elle me donna d'y ajouter un [n. p.] caractère de fâcheux[2], dont elle eut la bonté de m'ouvrir les idées elle-même, et qui a été trouvé partout le plus beau morceau de l'ouvrage. Il faut avouer, SIRE, que je n'ai jamais rien fait avec tant de facilité, ni si promptement, que cet endroit où VOTRE [n. p.] MAJESTÉ me commanda de travailler. J'avais une joie à lui obéir qui me valait bien mieux qu'Apollon et toutes les Muses. Et je conçois par là ce que je serais capable d'exécuter pour une comédie entière, si j'étais inspiré par

---

1   Aussitôt.
2   Le caractère du chasseur, en II, 6. Le roi avait désigné M. de Soyecourt, qui deviendra grand-veneur de France, comme modèle à Molière pour ce fâcheux supplémentaire.

de pareils commandements. [n. p.] Ceux qui sont nés en un rang élevé peuvent se proposer l'honneur de servir VOTRE MAJESTÉ dans les grands emplois ; mais pour moi, toute la gloire où je puis aspirer, c'est de la réjouir. Je borne là l'ambition de mes souhaits ; et je crois qu'en quelque façon ce n'est [n. p.] pas être inutile à la France que de contribuer quelque chose[3] au divertissement de son roi. Quand je n'y réussirai pas, ce ne sera jamais par un défaut de zèle ni d'étude[4], mais seulement par un mauvais destin, qui suit assez souvent les meilleures intentions, [n. p.] et qui sans doute affligerait sensiblement,

SIRE,

De Votre Majesté,

Le très humble, très obéissant
et très fidèle
serviteur et sujet,

J.-B. P. MOLIÈRE.

[n. p.] Jamais entreprise au théâtre ne fut si précipitée que celle-ci ; et c'est une chose, je crois, toute nouvelle, qu'une comédie ait été conçue, faite, apprise et représentée en quinze jours. Je ne dis pas cela pour me piquer de l'*impromptu*[5], et en prétendre de la gloire, mais seulement pour prévenir certaines gens[6], qui pourraient trouver à redire que je n'aie

---

3   *Contribuer* est transitif, avec un objet direct : apporter quelque chose
    comme part.
4   *Étude* : soin apporté à quelque chose.
5   Pour me vanter d'avoir en quelque sorte improvisé.
6   *Prévenir certaines gens* : prévenir, devancer les objections de certaines gens.

pas mis ici toutes les espèces de fâcheux qui se trouvent.
Je sais que le nombre en est grand, et à la Cour, et dans la
Ville, et que, [A] [n. p.] sans épisodes[7], j'eusse bien pu en
composer une comédie de cinq actes bien fournis, et avoir
encore de la matière de reste. Mais dans le peu de temps
qui me fut donné, il m'était impossible de faire un grand
dessein, et de rêver[8] beaucoup sur le choix de mes personnages et sur la disposition de mon sujet. Je me réduisis
donc à ne toucher qu'un petit nombre d'importuns ; et je
pris ceux qui s'offrirent d'abord à mon esprit, et que je crus
les plus propres à réjouir les augustes personnes devant
qui j'avais à paraître ; et, pour lier promptement toutes
ces choses ensemble, je me [n. p.] servis du premier nœud
que je pus trouver. Ce n'est pas mon dessein d'examiner
maintenant si tout cela pouvait être mieux, et si tous ceux
qui s'y sont divertis ont ri selon les règles. Le temps viendra
de faire imprimer mes remarques sur les pièces que j'aurai
faites ; et je ne désespère pas de faire voir un jour, en grand
auteur, que je puis citer Aristote et Horace[9]. En attendant
cet examen, qui peut-être ne viendra point, je m'en remets
assez aux décisions de la multitude ; et je tiens aussi difficile
de combattre un ouvrage que le public approuve, que d'en
dé[A ij] [n. p.]fendre un qu'il condamne.

Il n'y a personne qui ne sache pour quelle réjouissance
la pièce fut composée ; et cette fête a fait un tel éclat, qu'il

---

7   Sans actions incidentes liées à l'action principale de la comédie. Molière
     commence d'utiliser un certain nombre de termes techniques de la
     dramaturgie employés par les théoriciens de son temps.
8   *Rêver* : penser à, méditer profondément sur.
9   Allusion assez transparente à Pierre Corneille, qui venait de publier, en
     1660, ses *Trois Discours sur le poème dramatique*, en même temps qu'une
     édition de son théâtre dotée d'un Examen pour chaque pièce – en quoi il
     se montrait solide théoricien et discutait les poétiques antiques d'Aristote
     et d'Horace.

n'est pas nécessaire d'en parler ; mais il ne sera pas hors de propos de dire deux paroles des ornements qu'on a mêlés avec la comédie.

Le dessein était de donner un ballet aussi ; et comme il n'y avait qu'un petit nombre choisi de danseurs excellents, on fut contraint de séparer les entrées de ce ballet, et l'avis fut de les jeter dans les entractes de la comédie, afin que ces intervalles donnassent temps aux [n. p.] mêmes baladins[10] de revenir sous d'autres habits. De sorte que, pour ne point rompre aussi le fil de la pièce par ces manières d'intermèdes, on s'avisa de les coudre au sujet du mieux que l'on put, et de ne faire qu'une seule chose du ballet et de la comédie. Mais comme le temps était fort précipité, et que tout cela ne fut pas réglé entièrement par une même tête, on trouvera peut-être quelques endroits du ballet qui n'entrent pas dans la comédie aussi naturellement que d'autres. Quoi qu'il en soit, c'est un mélange qui est nouveau pour nos théâtres, et dont on pour[A iij] [n. p.]rait chercher quelques autorités dans l'Antiquité[11] ; et comme tout le monde l'a trouvé agréable, il peut servir d'idée à d'autres choses, qui pourraient être méditées avec plus de loisir.

D'abord que[12] la toile fut levée, un des acteurs, comme vous pourriez dire moi, parut sur le théâtre en habit de ville, et s'adressant au Roi avec le visage d'un homme surpris, fit des excuses en désordre sur ce qu'il se trouvait là seul, et manquait de temps et d'acteurs pour donner à Sa Majesté le divertissement qu'elle semblait attendre. En même [n. p.] temps, au milieu de vingt jets d'eau naturels, s'ouvrit cette coquille que tout le monde a vue ; et l'agréable Naïade[13]

---

10   Les *baladins* sont les danseurs professionnels ; le mot a pris un sens péjoratif dans la deuxième moitié du XVIIᵉ siècle.

11   Avec les chœurs de la comédie chez Aristophane.

12   Dès que.

13   Cette nymphe des eaux était Madeleine Béjart.

qui parut dedans s'avança au bord du théâtre, et d'un air héroïque prononça les vers que Monsieur Pellisson[14] avait faits, et qui servent de Prologue.

---

14 Homme de lettres proche de Fouquet, dont il faisait le secrétaire, Paul Pellisson fut arrêté avec lui et comme lui emprisonné, trois semaines après la fête de Vaux.

OUVERTURE

Ce ballet a été fait, les airs et la danse, par M. Beauchamp.

PROLOGUE [n. p.]

> *Pour voir en ces beaux lieux le plus grand roi du monde,*
> *Mortels, je viens à vous de ma grotte profonde.*
> *Faut-il en sa faveur que la terre ou que l'eau*
> *Produisent à vos yeux un spectacle nouveau ?*
> 5 *Qu'il parle ou qu'il souhaite, il n'est rien d'impossible :*
> *Lui-même n'est-il pas un miracle visible ?*
> *Son règne, si fertile en miracles divers,*
> *N'en demande-t-il pas à tout cet univers ?*
> *Jeune, victorieux, sage, vaillant, auguste,*
> 10 *Aussi doux que sévère, aussi puissant que juste,*
> *Régler et ses États et ses propres désirs,*
> *Joindre aux nobles travaux les plus nobles plaisirs,*
> *En ses justes projets jamais ne se méprendre,*
> *Agir incessamment*[15], *tout voir et tout entendre,*
> 15 *Qui peut cela peut tout ; il n'a qu'à tout oser,*
> *Et le Ciel à ses vœux ne peut rien refuser.*
> *Ces termes*[16] *marcheront, et si Louis l'ordonne,*

---

15 Sans cesse, continuellement.
16 « *Terme*, chez les architectes est une espèce de poteau ou de colonne, ornée par en haut d'une figure ou tête de femme, de satyre, ou autre, qui sert à soutenir des fardeaux dans les bâtiments ou d'ornement dans les jardins » (Furetière).

Ces arbres parleront mieux que ceux de Dodone[17].
Hôtesses de leurs troncs, moindres divinités,
20 *C'est Louis qui le veut, sortez, Nymphes, sortez.*
Je vous montre l'exemple, il s'agit de lui plaire.   [n. p.]
Quittez pour quelque temps votre forme ordinaire,
Et paraissons ensemble aux yeux des spectateurs,
Pour ce nouveau théâtre, autant de vais acteurs.

Plusieurs Dryades[18] accompagnées de Faunes
et de Satyres sortent des arbres et des termes.

25 *Vous, soin*[19] *de ses sujets, sa plus charmante étude*[20],
Héroïque souci, royale inquiétude,
Laissez-le respirer, et souffrez[21] *qu'un moment*
Son grand cœur s'abandonne au divertissement.
Vous le verrez demain, d'une force nouvelle,
30 *Sous le fardeau pénible où votre voix l'appelle,*
Faire obéir les lois, partager les bienfaits,
Par ses propres conseils prévenir nos souhaits,
Maintenir l'univers dans une paix profonde,
Et s'ôter le repos pour le donner au monde.
35 *Qu'aujourd'hui tout lui plaise et semble consentir*[22]
À l'unique dessein de le bien divertir.
Fâcheux, retirez-vous ; ou s'il faut qu'il vous voie,
Que ce soit seulement pour exciter sa joie.

---

17 Ville d'Épire où Zeus rendait ses oracles par le bruissement du feuillage
des chênes du bois sacré.
18 Les *dryades* sont les nymphes des arbres, sous l'écorce desquels elles
habitent.
19 Attention, sollicitude.
20 *Étude* : voir *supra*, n. 4, p. 150.
21 Acceptez, tolérez.
22 *Consentir* à : s'accorder avec, concourir à.

La Naïade emmène avec elle, pour la comédie,
une partie des gens qu'elle a fait paraître,
pendant que le reste se met à danser au son des
hautbois, qui se joignent aux violons.

Première entrée pour les sylvains

PERSONNAGES

ÉRASTE[23].

LA MONTAGNE.

ALCIDOR.

ORPHISE.

LYSANDRE.

ALCANDRE.

ALCIPE.

ORANTE.

CLYMÈNE.

DORANTE.

CARITIDÈS.

ORMIN.

FILINTE.

DAMIS.

L'ESPINE.

LA RIVIÈRE, et deux Camarades.

---

23   Seule certitude sur la distribution à l'origine : La Grange jouait l'amoureux
     Éraste.

LES FÂCHEUX,

Comédie

ACTE PREMIER

Scène PREMIÈRE
ÉRASTE, LA MONTAGNE

ÉRASTE

Sous quel astre, bon Dieu, faut-il que je sois né,
Pour être de fâcheux toujours assassiné !
Il semble que partout le sort me les adresse,
Et j'en vois, chaque jour, quelque nouvelle espèce.
5 Mais il n'est rien d'égal au fâcheux d'aujourd'hui ;
J'ai cru n'être jamais débarrassé de lui,
Et, cent fois, j'ai maudit cette innocente envie [12]
Qui m'a pris à dîner de voir la comédie[24],
Où, pensant m'égayer, j'ai misérablement
10 Trouvé de mes péchés le rude châtiment.
Il faut que je te fasse un récit l'affaire,
Car je m'en sens encor tout ému de colère.
J'étais sur le théâtre[25], en humeur d'écouter
La pièce, qu'à plusieurs j'avais ouï vanter ;

---

24 Les représentations de théâtre avaient lieu l'après-midi, après le *dîner*,
qui était le repas de midi.
25 Éraste a acheté, cher, une place sur une chaise de paille installée sur la
scène même. Il fallut attendre Voltaire pour que cet usage, avec les graves
inconvénients illustrés par le fâcheux du récit d'Éraste, disparût enfin.

15   Les acteurs commençaient, chacun prêtait silence,
Lorsque d'un air bruyant et plein d'extravagance,
Un homme à grands canons[26] est entré brusquement
En criant : « Holà ho ! un siège promptement ! »
Et de son grand fracas surprenant l'assemblée,
20   Dans le plus bel endroit a la pièce troublée[27].
Hé, mon Dieu ! nos Français, si souvent redressés[28],
Ne prendront-ils jamais un air de gens sensés,
Ai-je dit, et faut-il, sur nos défauts extrêmes,
Qu'en théâtre public nous nous jouions nous-mêmes,
25   Et confirmions ainsi, par des éclats de fous,
Ce que chez nos voisins on dit partout de nous ?
Tandis que là-dessus je haussais les épaules,
Les acteurs ont voulu continuer leurs rôles.
Mais l'homme, pour s'asseoir, a fait nouveau fracas,
30   Et traversant encor le théâtre à grands pas,
Bien que dans les côtés il pût être à son aise,
Au milieu du devant il a planté sa chaise,
Et de son large dos morguant[29] les spectateurs,
Aux trois quarts du parterre a caché les acteurs.
35   Un bruit s'est élevé, dont un autre eût eu honte ;
Mais lui, ferme et constant, n'en a fait aucun compte,
Et se serait tenu comme il s'était posé,
Si, pour mon infortune, il ne m'eût avisé.
« Ah ! Marquis, m'a-t-il dit, prenant près de moi
[place, [13]

---

26   Nous avons déjà plus d'une fois rencontré cet ornement de dentelle qui s'attachait au-dessous du genou.

27   A troublé la pièce. Le complément d'objet étant placé avant le participe passé, ce dernier s'accorde avec lui.

28   *Redressés* : remis dans le droit chemin.

29   *Morguer*, c'est « braver par des regards fiers » (Furetière). C'est le dos de l'indélicat personnage qui semble braver les spectateurs !

40 Comment te portes-tu ? Souffre que je t'embrasse[30] ».
    Au visage sur l'heure un rouge m'est monté
    Que l'on me vît connu d'un pareil éventé[31].
    Je l'étais peu pourtant ; mais on en voit paraître,
    De ces gens qui de rien[32] veulent fort vous connaître,
45 Dont il faut au salut les baisers essuyer,
    Et qui sont familiers jusqu'à vous tutoyer[33].
    Il m'a fait, à l'abord, cent questions frivoles,
    Plus haut que les acteurs élevant ses paroles.
    Chacun le maudissait ; et moi pour l'arrêter :
50 « Je serais, ai-je dit, bien aise d'écouter ».
    – « Tu n'as point vu ceci, Marquis. Ah ! Dieu me
                                              [damne,
    Je le trouve assez drôle, et je n'y suis pas âne ;
    Je sais par quelles lois un ouvrage est parfait,
    Et Corneille me vient lire tout ce qu'il fait[34]. »
55 Là-dessus de la pièce il m'a fait un sommaire,
    Scène à scène averti de ce qui s'allait faire,
    Et jusques à des vers qu'il en savait par cœur,
    Il me les récitait tout haut avant l'acteur.
    J'avais beau m'en défendre, il a poussé sa chance,
60 Et s'est, devers la fin, levé longtemps d'avance ;
    Car les gens du bel air, pour agir galamment[35],
    Se gardent bien, surtout, d'ouïr le dénouement.

---

30 Permets-moi de t'embrasser, de te prendre dans mes bras.
31 Un *éventé* est un écervelé, un personnage inconsidéré.
32 Pour rien, sans raison, sans relation qui justifierait qu'ils vous saluent
    ainsi en prétendant vous connaître.
33 Le tutoiement est marque de grande familiarité, ou de mépris.
34 Corneille ne faisait sûrement pas de lectures de ses œuvres chez et pour
    ce fâcheux, mais dans les salons des grandes maisons.
35 Pour se donner un air galant, c'est-à-dire l'air détaché de ceux qui ne
    s'obstinent en rien, qui ne se piquent de rien.

Je rendais grâce au Ciel, et croyais de justice[36]
Qu'avec la comédie eût fini mon supplice.
65   Mais comme si c'en eût été trop bon marché,
Sur nouveaux frais mon homme à moi s'est attaché,
M'a conté ses exploits, ses vertus non communes,
Parlé de ses chevaux, de ses bonnes fortunes,
Et de ce qu'à la cour il avait de faveur,
70   Disant qu'à m'y servir il s'offrait de grand cœur.
Je le remerciais doucement de la tête,
Minutant[37] à tous coups quelque retraite honnête.
Mais lui, pour le quitter me voyant ébranlé[38] :   [B] [14]
« Sortons, ce m'a-t-il dit[39], le monde est écoulé[40] » ;
75   Et sortis de ce lieu[41], me la donnant plus sèche[42] :
« Marquis, allons au Cours[43] faire voir ma galèche[44] ;
Elle est bien entendue[45], et plus d'un duc et pair
En fait, à mon faiseur, faire une du même air ».
Moi de lui rendre grâce, et pour mieux m'en défendre
80   De dire que j'avais certain repas à rendre.

---

36   Je croyais qu'en toute justice, je croyais qu'il était juste.
37   Figurément, *minuter* signifie « projeter, avoir dessein de faire quelque
     chose, et surtout en cachette, à la sourdine » (Furetière).
38   Voyant que je m'étais mis en route pour le quitter.
39   C'est un archaïsme pour « voilà ce qu'il m'a dit ».
40   Les spectateurs sont sortis.
41   Et, comme nous étions sortis de ce lieu, il me dit…
42   *La donner sèche*, c'est, selon Furetière, faire une bourde, une menterie
     impudente. Couton pense donc qu'il faut comprendre que le fâcheux
     se vante auprès d'Éraste et n'a pas de calèche ; Forestier et Bourqui
     traduisent simplement « me prenant au dépourvu par son impudence ».
     Est-ce la proposition en *général* qui est impudente, ou celle précisément
     de faire voir une calèche qui serait imaginaire ?
43   Le Cours-la-Reine.
44   La calèche (*galèche*) (« petit carrosse coupé […] qui sert aux jeunes hommes
     qui veulent marcher en parade », parader, dit Furetière) est d'invention
     récente ; on hésitait encore sur la prononciation à l'initiale.
45   *Bien entendue* : bien conçue, bien disposée.

« Ah ! parbleu, j'en veux être, étant de tes amis,
Et manque au Maréchal[46] à qui j'avais promis ».
– « De la chère, ai-je fait[47], la dose est trop peu forte[48]
Pour oser y prier des gens de votre sorte. »
85   – « Non, m'a-t-il répondu, je suis sans compliment[49],
Et j'y vais pour causer avec toi seulement.
Je suis des grands repas fatigué, je te jure ».
– « Mais si l'on vous attend, ai-je-dit, c'est injure… »
– « Tu te moques, Marquis, nous nous connaissons
                                       [tous ;
90   Et je trouve avec toi des passe-temps plus doux ».
Je pestais contre moi, l'âme triste et confuse[50]
Du funeste succès[51] qu'avait eu mon excuse,
Et ne savais à quoi je devais recourir
Pour sortir d'une peine à me faire mourir ;
95   Lorsqu'un carrosse fait de superbe manière,
Et comblé de laquais, et devant et derrière,
S'est avec un grand bruit devant nous arrêté,
D'où sautant un jeune homme amplement ajusté[52],
Mon importun et lui courant à l'embrassade
100 Ont surpris les passants de leur brusque incartade[53].
Et tandis que tous deux étaient précipités
Dans les convulsions de leurs civilités,
Je me suis doucement esquivé sans rien dire,
Non sans avoir longtemps gémi d'un tel martyre,

---

46   Et peu importe le Maréchal.
47   Ai-je dit – *Ai-je dit* est d'ailleurs la leçon de 1682.
48   Il y aura trop peu à manger.
49   *Sans compliment* : sans façon.
50   *Confuse* : en désordre, en déroute.
51   *Succès* : issue.
52   *Ajusté* semble bien avoir ici le sens de « paré, orné ».
53   Le deux jeunes gens courent à l'embrassade comme à l'attaque et avec
     tant de conviction que les passants croient qu'ils s'insultent (*faire incartade*
     c'est insulter, faire un affront) !

105   Et maudit ce fâcheux dont le zèle obstiné   [15]
      M'ôtait au rendez-vous qui m'est ici donné.

                          LA MONTAGNE
      Ce sont chagrins mêlés aux plaisirs de la vie.
      Tout ne va pas, Monsieur, au gré de notre envie.
      Le Ciel veut qu'ici-bas chacun ait ses fâcheux ;
110   Et les hommes seraient sans cela trop heureux.

                            ÉRASTE
      Mais de tous mes fâcheux, le plus fâcheux encore
      Est Damis[54], le tuteur de celle que j'adore,
      Qui rompt ce qu'à mes vœux elle donne d'espoir,
      Et fait qu'en sa présence elle n'ose me voir[55].
115   Je crains d'avoir déjà passé l'heure promise,
      Et c'est dans cette allée où devait être Orphise.

                          LA MONTAGNE
      L'heure d'un rendez-vous d'ordinaire s'étend
      Et n'est pas resserrée aux bornes d'un instant.

                            ÉRASTE
      Il est vrai ; mais je tremble, et mon amour extrême
120   D'un rien se fait un crime envers celle que j'aime.

                          LA MONTAGNE
      Si ce parfait amour, que vous prouvez si bien,
      Se fait vers votre objet[56] un grand crime de rien,
      Ce que son cœur pour vous sent de feux légitimes,
      En revanche lui fait un rien de tous vos crimes.

---

54   L'original donne le fautif *Est Lysandre*, qui sera corrigé en 1682 en *C'est
     Damis.*
55   VAR. de 1682 : *Et malgré ses bontés lui défend de me voir.*
56   *Vers votre objet* : envers l'objet de votre amour.

ÉRASTE   [B ij] [16]
125   Mais, tout de bon, crois-tu que je sois d'elle aimé ?

LA MONTAGNE
Quoi ? vous doutez encor d'un amour confirmé… ?

ÉRASTE
Ah ! c'est malaisément qu'en pareille matière
Un cœur bien enflammé prend assurance entière.
Il craint de se flatter, et dans ses divers soins,
130   Ce que plus il souhaite est ce qu'il croit le moins.
Mais songeons à trouver une beauté si rare.

LA MONTAGNE
Monsieur, votre rabat[57] par devant se sépare.

ÉRASTE
N'importe.

LA MONTAGNE
          Laissez-moi l'ajuster, s'il vous plaît.

ÉRASTE
Ouf ! tu m'étrangles, fat[58] ; laisse-le comme il est.

LA MONTAGNE
135   Souffrez qu'on peigne un peu…

ÉRASTE   [17]
                    Sottise sans pareille !

---

57 Le *rabat* est un grand col rabattu comportant une partie retombant
    sur la poitrine, tenant office de cravate, au XVIIe siècle, dans le costume
    masculin.
58 *Fat* : sot, imbécile.

Tu m'as, d'un coup de dent[59], presque emporté
[l'oreille.

LA MONTAGNE

Vos canons…

ÉRASTE

Laisse-les, tu prends trop de souci.

LA MONTAGNE

Ils sont tout chiffonnés.

ÉRASTE

Je veux qu'ils soient ainsi.

LA MONTAGNE

Accordez-moi du moins, pour grâce singulière,
140   De frotter ce chapeau qu'on voit plein de poussière.

ÉRASTE

Frotte donc, puisqu'il faut que j'en passe par là.

LA MONTAGNE

Le voulez-vous porter fait comme le voilà ?

ÉRASTE   [B iij] [18]

Mon Dieu, dépêche-toi.

LA MONTAGNE

Ce serait conscience[60].

---

59   D'une dent du peigne.
60   Ce serait pour moi une faute de vous laisser porter votre chapeau en cet
      état.

ÉRASTE, *après avoir attendu.*

C'est assez.

LA MONTAGNE

Donnez-vous un peu de patience.

ÉRASTE

145   Il me tue.

LA MONTAGNE

En quel lieu vous êtes-vous fourré ?

ÉRASTE

T'es-tu de ce chapeau pour toujours emparé ?

LA MONTAGNE

C'est fait.

ÉRASTE

Donne-moi donc.

LA MONTAGNE, *laissant tomber le chapeau.*   [19]

Hay !

ÉRASTE

Le voilà par terre.

Je suis fort avancé. Que la fièvre te serre !

LA MONTAGNE

Permettez qu'en deux coups j'ôte…

ÉRASTE

Il ne me plaît pas.

150   Au diantre tout valet qui vous est sur les bras,

Qui fatigue son maître, et ne fait que déplaire
À force de vouloir trancher[61] du nécessaire !

Scène II   [B iiij] [20]
ORPHISE, ALCIDOR, ÉRASTE, LA MONTAGNE

ÉRASTE

Mais vois-je pas[62] Orphise ? Oui, c'est elle qui vient[63].
Où va-t-elle si vite, et quel homme la tient ?
Il la salue comme elle passe, et elle,
en passant, détourne la tête.
155 Quoi ? me voir en ces lieux devant elle paraître,
Et passer en feignent de ne me pas connaître !
Que croire ? Qu'en dis-tu ? Parle donc, si tu veux.

LA MONTAGNE

Monsieur, je ne dis rien, de peur d'être fâcheux.

ÉRASTE

Et c'est l'être en effet que de ne me rien dire
160 Dans les extrémités d'un si cruel martyre.
Fais donc quelque réponse à mon cœur abattu.
Que dois-je présumer ? Parle, qu'en penses-tu ?
Dis-moi ton sentiment.

LA MONTAGNE   [21]
Monsieur, je veux me taire,
Et ne désire point trancher du nécessaire.

---

61 *Trancher de* : se donner des airs de.
62 L'omission de *ne* dans une interrogation est un phénomène courant au
    XVIIe siècle.
63 Orphise traverse le fond du théâtre avec un homme qui lui donne la
    main (*un homme qui la tient*).

ÉRASTE

165   Peste l'impertinent[64] ! Va-t'en suivre leurs pas ;
Vois ce qu'ils deviendront, et ne les quitte pas.

LA MONTAGNE, *revenant.*
Il faut suivre de loin ?

ÉRASTE
Oui.

LA MONTAGNE, *revenant.*
                          Sans que l'on me voie,
Ou faire aucun[65] semblant qu'après eux on m'envoie ?

ÉRASTE
Non, tu feras bien mieux de leur donner avis
170   Que par mon ordre exprès ils sont de toi suivis.

LA MONTAGNE, *revenant.*
Vous trouverai-je ici ?

ÉRASTE   [22]
                     Que le Ciel te confonde,
Homme, à mon sentiment, le plus fâcheux du
                                    [monde !

La Montagne s'en va.

Ah ! que je sens de trouble et qu'il m'eût été doux
Qu'on me l'eût fait manquer, ce fatal rendez-vous !

---

64   *L'impertinent* agit mal à propos, c'est un sot.
65   L'adjectif *aucun* a une valeur positive étymologique (*aliquis unus*).
       Comprendre : ou montrer d'une manière quelconque qu'on m'envoie
       après eux.

175 Je pensais y trouver toutes choses propices ;
     Et mes yeux pour mon cœur y trouvent des
                                              [supplices.

                    Scène III   [23]
                 LYSANDRE, ÉRASTE

                    LYSANDRE
     Sous ses arbres, de loin mes yeux t'ont reconnu,
     Cher Marquis, et d'abord[66] je suis à toi venu.
     Comme à de mes amis, il faut que je te chante
180 Certain air que j'ai fait de petite courante[67],
     Qui de toute la cour contente les experts,
     Et sur qui plus de vingt ont déjà fait des vers.
     J'ai le bien, la naissance et quelque emploi passable[68],
     Et fais figure en France assez considérable ;
185 Mais je ne voudrais pas, pour tout ce que je suis,
     N'avoir point fait cet air qu'ici je te produis.
     La, la, hem, hem. Écoute avec soin, je te prie.
                  Il chante sa courante.

                    COURANTE
       Cette courante a été faite par M. de Lully
            et chantée aux *Fâcheux*
          par M. de la Grange, comédien.

     N'est-elle pas belle ?

_____

66 Tout de suite.
67 La *courante* était une danse grave et noble, qui se dansait à deux sur un
    rythme à trois temps. Le mot désignait aussi bien la danse que l'air et
    même les vers que l'on faisait sur cet air.
68 Adjectif à la mode dans les salons.

ÉRASTE

Ah !

LYSANDRE

Cette fin est jolie.

Il rechante la fin quatre ou cinq fois de suite.

Comment la trouves-tu ?

ÉRASTE

Fort belle assurément.

LYSANDRE   [24]

190 Les pas que j'en ai faits n'ont pas moins d'agrément,

Et surtout la figure[69] a merveilleuse grâce.

Il chante, parle et danse tout ensemble,

et fait faire à Éraste les figures[70] de la femme.

Tiens, l'homme passe ainsi ; puis la femme repasse ;

Ensemble ; puis on se quitte, et la femme vient là.

Vois-tu ce petit trait de feinte[71] que voilà ?

195 Ce fleuret ? ces coupés[72] courant après la belle ?

Dos à dos ; face à face, en se pressant sur elle.

Après avoir achevé.

Que t'en semble, Marquis ?

ÉRASTE

Tous ces pas-là sont fins.

---

69 La chorégraphie de ce pas de deux.

70 Les pas.

71 Les commentateurs suggèrent que la femme fait semblant de fuir, avec application d'un terme de l'escrime (*la feinte*) à la danse.

72 Richelet donne la définition de ces deux termes de la danse. Le *fleuret* est « un pas de bourrée qui est une sorte de danse gaie ». Le coupé est un « mouvement de celui qui dansant, se jette sur un pied, et passe l'autre devant ou derrière ».

LYSANDRE
Je me moque, pour moi, des maîtres baladins[73].

ÉRASTE
On le voit.

LYSANDRE
Les pas, donc… ?

ÉRASTE
N'ont rien qui ne
[surprenne.

LYSANDRE   [25]
200   Veux-tu, par amitié, que je te les apprenne ?

ÉRASTE
Ma foi, pour le présent, j'ai certain embarras…

LYSANDRE
Eh bien ! donc, ce sera lorsque tu le voudras.
Si j'avais dessus moi ces paroles nouvelles,
Nous les lirions ensemble, et verrions les plus belles.

ÉRASTE
205   Une autre fois.

LYSANDRE
Adieu. Baptiste le très cher[74]
N'a point vu ma courante, et je le vais chercher.

---

73   La danse faisait partie de l'éducation de l'aristocratie et les aristocrates,
     à commencer par le roi, étaient bons, voire excellents danseurs ; ils
     pouvaient mépriser les *maîtres baladins*, les danseurs professionnels.
74   C'est Lully.

Nous avons, pour les airs, de grandes sympathies[75],
Et je veux le prier d'y faire des parties[76].
        Il s'en va chantant toujours.

ÉRASTE

Ciel ! faut-il que le rang, dont on veut tout couvrir,
210   De cent sots tous les jours nous oblige à souffrir,
Et nous fasse abaisser jusques aux complaisances
D'applaudir bien souvent à leurs impertinences[77] ?

Scène IV   [C] [26]
LA MONTAGNE, ÉRASTE

LA MONTAGNE

Monsieur, Orphise est seule, et vient de ce côté.

ÉRASTE

Ah ! d'un trouble bien grand je me sens agité !
215   J'ai de l'amour encor pour la belle inhumaine,
Et ma raison voudrait que j'eusse de la haine !

LA MONTAGNE

Monsieur, votre raison ne sait pas ce qu'elle veut,
Ni ce que sur un cœur une maîtresse peut.
Bien que de s'emporter on ait de justes causes,
220   Une belle, d'un mot, rajuste bien des choses.

---

75   Nous nous entendons très bien en ce qui concerne les airs.
76   D'autres parties, c'est-à-dire un accompagnement polyphonique de la mélodie.
77   *Impertinence* : sottise, maladresse, inconvenance.

ÉRASTE

Hélas ! je te l'avoue[78], et déjà cet aspect[79]
À toute ma colère imprime le respect.

Scène V   [27]
ORPHISE, ÉRASTE, LA MONTAGNE

ORPHISE

Votre front à mes yeux montre peu d'allégresse.
Serait-ce ma présence, Éraste, qui vous blesse ?
225   Qu'est-ce donc ? qu'avez-vous ? et sur quels
                                      [déplaisirs[80],
Lorsque vous me voyez, poussez-vous des soupirs ?

ÉRASTE

Hélas ! pouvez-vous bien me demander, cruelle,
Ce qui fait de mon cœur la tristesse mortelle ?
Et d'un esprit méchant n'est-ce pas un effet
230   Que feindre d'ignorer ce que vous m'avez fait ?
Celui dont l'entretien vous a fait, à ma vue,
Passer…

ORPHISE, *riant.*

C'est de cela que votre âme est émue ?

ÉRASTE

Insultez, inhumaine, encore à mon malheur.
Allez, il vous sied mal de railler ma douleur,

---

78   *Avouer* : approuver quelqu'un ou quelque chose.
79   *L'aspect* est l'action de voir, mais aussi la présence d'une personne. Éraste
     voit Orphise en personne, ce qui calme sa colère.
80   Sens fort de *déplaisirs* : douleur profonde.

235   Et d'abuser, ingrate, à[81] maltraiter ma flamme, [C ij] [28]
       Du faible que pour vous vous savez qu'a mon âme.

ORPHISE

Certes il en faut rire, et confesser ici
Que vous êtes bien fou de vous troubler ainsi.
L'homme dont vous parlez, loin qu'il puisse me plaire,
240   Est un homme fâcheux dont j'ai su me défaire,
       Un de ces importuns et sots officieux
Qui ne sauraient souffrir qu'on soit seule en des lieux,
Et viennent aussitôt, avec un doux langage,
Vous donner une main contre qui l'on enrage.
245   J'ai feint de m'en aller pour cacher mon dessein,
       Et jusqu'à mon carrosse il m'a prêté la main.
Je m'en suis promptement défaite de la sorte,
Et j'ai, pour vous trouver, rentré par l'autre porte.

ÉRASTE

À vos discours, Orphise, ajouterai-je foi ?
250   Et votre cœur est-il tout sincère pour moi ?

ORPHISE

Je vous trouve fort bon, de tenir ces paroles,
Quand je me justifie à vos plaintes frivoles.
Je suis bien simple encore, et ma sotte bonté…

ÉRASTE

Ah ! ne vous fâchez pas, trop sévère beauté.
255   Je veux croire en aveugle, étant sous votre empire, [29]
       Tout ce que vous aurez la bonté de me dire.

---

81   Construction étrange du verbe *abuser*, « user mal », « faire un mauvais usage de ». Comprendre : avec votre raillerie, vous vous conduisez mal en maltraitant mon amour.

Trompez, si vous voulez, un malheureux amant ;
J'aurai pour vous respect, jusques au monument[82].

Maltraitez mon amour, refusez-moi le vôtre,
260   Exposez à mes yeux le triomphe d'un autre,
Oui, je souffrirai tout de vos divins appas ;
J'en mourrai, mais enfin je ne m'en plaindrai pas.

ORPHISE

Quand de tels sentiments régneront dans votre âme,
Je saurai de ma part…

Scène VI   [C iij] [30]
ALCANDRE, ORPHISE, ÉRASTE, LA MONTAGNE

ALCANDRE
                        Marquis, un mot. Madame,
265   De grâce, pardonnez si je suis indiscret[83]
En osant, devant vous, lui parler en secret.
Avec peine, Marquis, je te fais la prière ;
Mais un homme vient là de me rompre en visière[84],
Et je souhaite fort, pour ne rien reculer,
270   Qu'à l'heure[85] de ma part tu l'ailles appeler[86].
Tu sais qu'en pareil cas ce serait avec joie
Que je te le rendrais en la même monnaie.

---

82   Jusqu'au tombeau.
83   Est *indiscret* celui qui manque de discernement, de jugement.
84   *Rompre en visière* : contredire, offenser.
85   *À l'heure* : sur le champ.
86   *Appeler* : « faire un appel à quelqu'un pour se battre avec lui » (Richelet),
     appeler en duel.

ÉRASTE,
après avoir un peu demeuré sans parler[87].
Je ne veux point ici faire le capitan ;
Mais on m'a vu soldat avant que courtisan.
275 J'ai servi quatorze ans, et je crois être en passe
De pouvoir d'un tel pas me tirer avec grâce,
Et de ne craindre point qu'à quelque lâcheté
Le refus de mon bras me puise être imputé.
Un duel met les gens en mauvaise posture[88],
280 Et notre roi n'est pas un monarque en peinture[89].
Il sait faire obéir les plus grands de l'État,
Et je trouve qu'il fait en digne potentat.
Quand il faut le servir, j'ai du cœur pour le faire ; [31]
Mais je ne m'en sens point quand il faut lui déplaire.
285 Je me fais de son ordre une suprême loi.
Pour lui désobéir, cherche un autre que moi.
Je te parle, Vicomte, avec franchise entière,
Et suis ton serviteur en toute autre matière.
Adieu. Cinquante fois au diable les fâcheux !
290 Où donc s'est retiré cet objet de mes vœux ?

LA MONTAGNE
Je ne sais.

ÉRASTE
Pour savoir où la belle est allée,

---

87 Pourquoi cette hésitation et cette attente ? Couton suggère vraisemblablement qu'Éraste est d'abord tenté d'accepter, puis qu'il prend en
compte la gravité des interdictions royales.

88 Depuis Henri IV, la monarchie lutte contre ce fléau des duels ; les peines
contre les duellistes étaient sévères : confiscation des biens, mort, privation
de sépulture, procès à la mémoire des morts…

89 Louis XIV entend n'être pas un monarque en apparence, mais détenir
et exercer effectivement le pouvoir.

Va-t'en chercher partout ; j'attends dans cette allée.

Fin du premier acte.

BALLET DU PREMIER ACTE   [iiij] [32]

PREMIÈRE ENTRÉE
*Des joueurs de mail[90], en criant « Gare ! », l'obligent à se
retirer, et comme il veut revenir lorsqu'ils ont fait,*

DEUXIÈME ENTRÉE
*des curieux viennent qui tournent autour de lui pour le
connaître, et font qu'il se retire encore pour un moment.*

Première entrée du deuxième acte : les joueurs de mail.

Deuxième entrée des *Fâcheux* : les curieux.

ACTE II   [33]

Scène PREMIÈRE

ÉRASTE
Mes fâcheux à la fin se sont-ils écartés ?
Je pense qu'il en pleut ici de tous côtés.

---

90 Le *mail* est un jeu « où on pousse avec grande violence et adresse une
boule de buis qu'on doit faire à la fin passer par un petit archet [un
arceau] de fer qu'on nomme la passe » (Furetière).

295 Je les fuis, et les trouve, et pour second martyre
     Je ne saurais trouver celle que je désire.
     Le tonnerre et la pluie ont promptement passé
     Et n'ont point de ces lieux le beau monde chassé.
     Plût au Ciel, dans les dons que ses soins y
                              [prodiguent[91],
300 Qu'ils en eussent chassé tous les gens qui fatiguent !
     Le soleil baisse fort, et je suis étonné
     Que mon valet encor ne soit point retourné.

Scène II   [34]

ALCIPE, ÉRASTE

ALCIPE

Bonjour.

ÉRASTE

        Eh quoi ? toujours ma flamme divertie[92] !

ALCIPE

     Console-moi, Marquis, d'une étrange[93] partie
305 Qu'au piquet[94] je perdis, hier, contre un
        Saint-Bouvain,
     À qui je donnerais quinze points et la main[95].
     C'est un coup enragé, qui depuis hier m'accable,

---

91 Le tonnerre et la pluie sont ces dons que le Ciel s'est chargé (a mis ses
    soins) de produire, en abondance, a prodigués.
92 *Divertir* : détourner de son but, contrecarrer. Réplique prononcée en *a
    parte*.
93 *Étrange* : extraordinaire, scandaleuse.
94 Le *piquet*, jeu de cartes, se joue à deux.
95 « *Donner*, en termes de jeu, se dit de l'avantage qu'on donne à celui qui
    est le plus faible » (Furetière) ; et un exemple suit : « donner dix points
    et la main au piquet ». Alcippe considère son adversaire Saint-Bouvain

Et qui ferait donner tous les joueurs au diable ;
Un coup assurément à se pendre en public.
310   Il ne m'en faut que deux ; l'autre a besoin d'un pic[96].
Je donne ; il en prend six et demande à se refaire[97] ;
Moi, me voyant de tout[98], je n'en voulus rien faire.
Je porte[99] l'as de trèfle (admire mon malheur),
L'as, le roi, le valet, le huit et le dix de cœur,
315   Et quitte, comme au point allait la politique[100],
Dame et roi de carreau, dix et dame de pique.
Sur mes cinq cœurs portés la dame arrive encor,
Qui me fait justement une quinte major[101].
Mais mon homme avec l'as, non sans surprise
                                                    [extrême, [35]
320   Des bas carreaux sur table étale une sixième[102].
J'en avais écarté la dame, avec le roi ;
Mais lui fallant un pic[103], je sortis hors d'effroi,
Et croyais bien du moins faire deux points uniques.
Avec les sept carreaux, il avait quatre piques ;

---

si inférieur qu'il lui donnerait un avantage : quinze points d'avance et
le droit de jouer le premier (*la main*).

96   Il ne me manque que deux points (pour gagner), alors que Saint-Bouvain
      a besoin de 60 points (« *Pic* se dit au piquet, quand le premier qui joue
      peut compter 30 points, sans que son adversaire en compte aucun ; car,
      alors, il en compte 60 au lieu de 30 », Furetière).

97   La donne ne mettant en main de Saint-Bouvain que 6 points, celui-ci
      demande à Alcippe qu'on recommence à donner.

98   Me voyant sur le point de gagner avec le jeu que j'avais en main.

99   J'ai en main.

100 Comprendre : et j'écarte, je rebute (les cartes énumérées au vers suivant),
      puisque je n'avais qu'un seul but : avoir le point.

101 Aux cinq cœurs que j'avais en main m'arrive une dame : de quoi constituer
      une *quinte major* ou *quinte majeure* (au jeu de piquet, suite de cinq cartes
      de la même couleur).

102 Avec l'as de carreau, il étale une sixième carte de carreau, une petite
      carte de carreau.

103 Comme il lui fallait un pic.

325 Et jetant le dernier[104], m'a mis dans l'embarras
     De ne savoir lequel garder de mes deux as.
     J'ai jeté l'as de cœur, avec raison, me semble[105] ;
     Mais il avait quitté[106] quatre trèfles ensemble,
     Et par un six de cœur je me suis vu capot[107],
330 Sans pouvoir, de dépit, proférer un seul mot.
     Morbleu ! fais-moi raison[108] de ce coup effroyable.
     À moins que[109] l'avoir vu, peut-il être croyable ?

ÉRASTE

C'est dans le jeu qu'on voit les plus grands coups
                                          [du sort.

ALCIPE

Parbleu ! tu jugeras toi-même si j'ai tort,
335 Et si c'est sans raison que le coup me transporte[110] ;
     Car voici nos deux jeux, qu'exprès sur moi je porte.
     Tiens, c'est ici mon port[111], comme je te l'ai dit,
     Et voici...

ÉRASTE

J'ai compris le tout, par ton récit,

---

104 Saint-Bouvain jetant le dernier pique.
105 Me semble-t-il.
106 Abandonné.
107 *Est capot* au piquet celui qui ne fait aucune levée (en termes de jeux de carte, la levée est un coup gagné par suite duquel le gagnant ramasse et met devant lui les cartes jouées).
108 Donne-moi l'explication, la justification.
109 On n'utilise plus aujourd'hui cette locution introduisant une subordonnée de condition. Comprendre : le coup n'est pas croyable si on ne l'a pas vu.
110 *Transporter* : émouvoir fortement, rendre fou.
111 *Port* : « se dit dans les jeux de cartes de ce qu'on réserve après en avoir écarté quelques-unes » (Furetière).

Et vois de la justice au transport[112] qui t'agite.
340   Mais, pour certaine affaire, il faut que je te quitte.
Adieu. Console-toi pourtant de ton malheur.   [36]

ALCIPE

Qui, moi ? J'aurai toujours ce coup-là sur le cœur ;
Et c'est, pour ma raison, pis qu'un coup de tonnerre.
Je le veux faire, moi, voir à toute la terre.
Il s'en va, et prêt à rentrer, il dit par réflexion :
345   Un six de cœur ! deux points !

ÉRASTE

En quel lieu sommes-nous !
De quelque part qu'on tourne[113], on ne voit que
                                                   [des fous.
Ah ! que tu fais languir ma juste impatience !

Scène III   [37]
LA MONTAGNE, ÉRASTE

LA MONTAGNE

Monsieur, je n'ai pu faire une autre diligence[114].

ÉRASTE

Mais me rapportes-tu quelque nouvelle enfin ?

LA MONTAGNE

350   Sans doute[115] ; et de l'objet qui fait votre destin,
J'ai par un ordre exprès quelque chose à vous dire.

---

112 Et vois que ton *transport* (ton émotion) est justifié.
113 Où qu'on se tourne.
114 Je n'ai pas pu être plus rapide.
115 Certainement.

ÉRASTE

Et quoi ? déjà mon cœur après ce mot soupire.
Parle !

LA MONTAGNE

Souhaitez-vous de savoir ce que c'est ?

ÉRASTE

Oui, dis vite !

LA MONTAGNE   [D] [38]

Monsieur, attendez, s'il vous plaît.
355   Je me suis, à courir, presque mis hors d'haleine.

ÉRASTE

Prends-tu quelque plaisir à me tenir en peine ?

LA MONTAGNE

Puisque vous désirez de savoir promptement
L'ordre que j'ai reçu de cet objet charmant,
Je vous dirai... Ma foi, sans vous vanter mon zèle,
360   J'ai bien fait du chemin pour trouver cette belle,
Et si...

ÉRASTE

Peste soit fait de tes digressions[116] !

LA MONTAGNE

Ah ! il faut modérer un peu ses passions,
Et Sénèque...

---

116 Le jeu du retardement par un valet sot sera repris dans *Le Misanthrope*,
avec le valet Dubois (IV, 4).

ÉRASTE
Sénèque est un sot dans ta bouche,
Puisqu'il ne me dit rien de tout ce qui me touche.
365 Dis-moi ton ordre, tôt !

LA MONTAGNE   [39]
Pour contenter vos vœux,
Votre Orphise... Une bête est là dans vos cheveux.

ÉRASTE
Laisse.

LA MONTAGNE
Cette beauté de sa part vous fait dire...

ÉRASTE
Quoi ?

LA MONTAGNE
Devinez.

ÉRASTE
Sais-tu que je ne veux pas rire ?

LA MONTAGNE
Son ordre est qu'en ce lieu vous devez vous tenir,
370 Assuré que dans peu vous l'y verrez venir,
Lorsqu'elle aura quitté quelques provinciales
Aux personnes de cour fâcheuses animales[117].

ÉRASTE   [D ij] [40]
Tenons-nous donc au lieu qu'elle a voulu choisir.

_____

117 *Animales* est un substantif.

Mais, puisque l'ordre[118] ici m'offre quelque loisir,
375 Laisse-moi méditer : j'ai dessein de lui faire
Quelques vers, sur un air où je la vois se plaire.
Il se promène en rêvant[119].

Scène IV   [41]
ORANTE, CLIMÈNE[120], ÉRASTE

ORANTE
Tout le monde sera de mon opinion.

CLIMÈNE
Croyez-vous l'emporter par obstination ?

ORANTE
Je pense mes raisons meilleures que les vôtres.

CLIMÈNE
380 Je voudrais qu'on ouït les unes et les autres.

ORANTE
J'avise un homme ici qui n'est pas ignorant ;
Il pourra nous juger sur notre différend.
Marquis, de grâce, un mot. Souffrez qu'on vous
                                    [appelle
Pour être, entre nous deux, juge d'une querelle,
385 D'un débat qu'ont ému nos divers sentiments[121],

---

118 L'ordre que lui a donné Orphise.
119 En méditant.
120 Telle est bien la graphie adoptée dans cette scène par l'édition originale
     que nous suivons, alors que sa liste des personnages initiale donnait
     Clymène.
121 Nos opinions opposées.

Sur ce qui peut marquer[122] les plus parfaits amants.

ÉRASTE   [D iij] [42]

C'est une question à vider[123] difficile,
Et vous devez chercher un juge plus habile.

ORANTE

Non, vous nous dites là d'inutiles chansons :
390   Votre esprit fait du bruit, et nous vous connaissons ;
Nous savons que chacun vous donne à juste titre…

ÉRASTE

Hé, de grâce…

ORANTE

En un mot, vous serez notre arbitre,
Et ce sont deux moments qu'il vous faut nous donner.

CLIMÈNE

Vous[124] retenez ici qui vous doit condamner.
395   Car enfin, s'il est vrai ce que j'en ose croire,
Monsieur, à mes raisons, donnera la victoire.

ÉRASTE

Que ne puis-je à mon traître[125] inspirer le souci
D'inventer quelque chose à me tirer d'ici !

ORANTE

Pour moi, de son esprit j'ai trop bon témoignage,

---

122 Caractériser.
123 À décider.
124 Alors qu'Orante vient de s'adresser à Éraste, Climène s'adresse à Orante.
125 En aparté, Éraste regrette l'absence de son valet qui le retardait il y a
      un instant, ce traître de La Montagne qui pourrait être utile ici pour le
      tirer d'embarras par quelque invention.

400   Pour craindre qu'il prononce à mon désavantage.
       Enfin, ce grand débat qui s'allume entre nous   [43]
       Est de savoir s'il faut qu'un amant soit jaloux.

                        CLIMÈNE
       Ou, pour mieux expliquer ma pensée et la vôtre,
       Lequel doit plaire plus d'un jaloux ou d'un autre[126].

                        ORANTE
405   Pour moi, sans contredit, je suis pour le dernier.

                        CLIMÈNE
       Et dans mon sentiment je tiens pour le premier.

                        ORANTE
       Je crois que notre cœur doit donner son suffrage
       À qui fait éclater du respect davantage.

                        CLIMÈNE
       Et moi, que si nos vœux doivent paraître au jour,
410   C'est pour celui qui fait éclater plus d'amour.

                        ORANTE
       Oui, mais on voit l'ardeur dont une âme est saisie
       Bien mieux dans le respect que dans la jalousie.

                        CLIMÈNE
       Et c'est mon sentiment, que qui s'attache à nous
       Nous aime d'autant plus qu'il se montre jaloux.

---

126 Question d'amour (dont les salons étaient friands) à propos de la jalousie,
    encore une fois mise sur la scène par Molière, après *Le Dépit amoureux*,
    Dom Garcie de Navarre…

ORANTE   [D iiij] [44]

415   Fi ! ne me parlez point, pour être amants, Climène,
      De ces gens dont l'amour est fait comme la haine,
      Et qui, pour tous respects et toute offre de vœux,
      Ne s'appliquent jamais qu'à se rendre fâcheux ;
      Dont l'âme, que sans cesse un noir transport anime,
420   Des moindres actions cherche à nous faire un crime,
      En soumet l'innocence à son aveuglement,
      Et veut, sur un coup d'œil, un éclaircissement ;
      Qui, de quelque chagrin[127] nous voyant l'apparence,
      Se plaignent aussitôt qu'il naît de leur présence,
425   Et lorsque dans nos yeux brille un peu d'enjouement,
      Veulent que leurs rivaux en soient le fondement ;
      Enfin, qui prenant droit des fureurs de leur zèle,
      Ne vous parlent jamais que pour faire querelle,
      Osent défendre à tous l'approche de nos cœurs,
430   Et se font les tyrans de leurs propres vainqueurs.
      Moi, je veux des amants que le respect inspire,
      Et de leur soumission marque mieux notre empire

CLIMÈNE

      Fi ! ne me parlez point, pour être vrais amants,
      De ces gens qui pour nous n'ont nuls emportements,
435   De ces tièdes galants, de qui les cœurs paisibles
      Tiennent déjà pour eux les choses infaillibles,
      N'ont point peur de nous perdre, et laissent chaque
                                              [jour
      Sur trop de confiance endormir leur amour,
      Sont avec leurs rivaux en bonne intelligence,
440   Et laissent un champ libre à leur persévérance.
      Un amour si tranquille excite mon courroux.

_____

127 *Chagrin* : humeur maussade, irritation.

C'est aimer froidement que n'être point jaloux ;
Et je veux qu'un amant, pour me prouver sa
                                    [flamme, [45]
Sur d'éternels soupçons laisse flotter son âme,
445   Et par des prompts transports donne un signe
                                    [éclatant
De l'estime qu'il fait de celle qu'il prétend[128].
On s'applaudit alors de son inquiétude,
Et s'il nous fait parfois un traitement trop rude,
Le plaisir de le voir, soumis à nos genoux,
450   S'excuser de l'éclat qu'il a fait contre nous,
Ses pleurs, son désespoir d'avoir pu nous déplaire,
Est[129] un charme à calmer toute notre colère.

ORANTE

Si pour vous plaire il faut beaucoup d'emportement,
Je sais qui vous pourrait donner contentement ;
455   Et je connais des gens dans Paris plus de quatre
Qui, comme ils le font voir, aiment jusques à battre.

CLIMÈNE

Si pour vous plaire il faut n'être jamais jaloux,
Je sais certaines gens fort commodes pour vous,
Des hommes en amour d'une humeur si souffrante[130]
460   Qu'ils vous verraient sans peine entre les bras de
                                    [trente.

---

128 De celle à laquelle il prétend.
129 L'accord est possible du verbe avec le sujet le plus poche, qui est au
    singulier. 1682 donne *sont*, en accordant le verbe avec l'ensemble des
    trois sujets.
130 *Souffrant* : tolérant, accommodant.

ORANTE

Enfin, par votre arrêt[131], vous devez déclarer
Celui de qui l'amour vous semble à préférer.

ÉRASTE

Puisqu'à moins d'un arrêt je ne m'en puis défaire,
Toutes deux à la fois je vous veux satisfaire ;
465   Et pour ne point blâmer ce qui plaît à vos yeux,   [46]
Le jaloux aime plus, et l'autre aime bien mieux.

CLIMÈNE

L'arrêt est plein d'esprit ; mais…

ÉRASTE

Suffit, j'en suis quitte.
Après ce que j'ai dit, souffrez que[132] je vous quitte.

Scène V   [47]
ORPHISE, ÉRASTE

ÉRASTE[133]

Que vous tardez, Madame, et que j'éprouve bien… !

ORPHISE

470   Non, non, ne quittez pas un si doux entretien.
À tort vous m'accusez d'être trop tard venue,
Et vous avez de quoi vous passer de ma vue.

---

131 On se tourne alors vers le juge du débat.
132 Acceptez que.
133 Débarrassé des deux fâcheuses, Éraste aperçoit Orphise, qui était entrée
     en scène et avait vu Éraste entre les deux femmes.

ÉRASTE

Sans sujet contre moi voulez-vous vous aigrir,
Et me reprochez-vous ce qu'on me fait souffrir[134] ?
475   Ah ! de grâce, attendez...

ORPHISE

Laissez-moi, je vous prie,
Et courez vous rejoindre à[135] votre compagnie.
Elle sort.

ÉRASTE   [48]

Ciel ! faut-il qu'aujourd'hui fâcheuses et fâcheux
Conspirent à troubler les plus chers de mes vœux !
Mais allons sur ses pas, malgré sa résistance,
480   Et faisons à ses yeux briller notre innocence.

Scène VI   [49]
DORANTE, ÉRASTE

DORANTE

Ha ! Marquis, que l'on voit de fâcheux tous les jours
Venir de nos plaisirs interrompre le cours !
Tu me vois enragé d'une assez belle chasse[136],
Qu'un fat[137]... C'est un récit qu'il faut que je te fasse.

ÉRASTE

485   Je cherche ici quelqu'un, et ne puis m'arrêter.

---

134 Endurer.
135 Courez vous réunir à nouveau avec.
136 Voici le caractère de fâcheux ajouté par Molière sur le conseil du roi,
     celui du chasseur qui va faire le récit très technique, bourré de termes
     de vénerie, d'une chasse à courre (*courre* est l'ancien infinitif de courir).
137 *Fat* : sot, imbécile.

DORANTE, *le retenant.*

Parbleu, chemin faisant je te le veux conter.
Nous étions une troupe assez bien assortie,
Qui pour courir un cerf avions hier fait partie ;
Et nous fûmes coucher sur le pays exprès,
490   C'est-à-dire, mon cher, en fin fond de forêts.
Comme cet exercice est mon plaisir suprême,
Je voulus, pour bien faire, aller au bois moi-même[138] ;
Et nous conclûmes tous d'attacher nos efforts
Sur un cerf qu'un chacun nous disait cerf dix-cors[139].
495   Mais moi, mon jugement, sans qu'aux marques
                                    [j'arrête, [E] [50]
Fut qu'il n'était que cerf à sa seconde tête[140].
Nous avions, comme il faut, séparé nos relais[141],
Et déjeunions en hâte, avec quelques œufs frais,
Lorsqu'un franc campagnard[142], avec longue
                                    [rapière[143],
500   Montant superbement[144] sa jument poulinière,
Qu'il honorait du nom de sa bonne jument,
S'en est venu nous faire un mauvais compliment,
Nous présentant aussi, pour surcroît de colère,

---

138 *Aller au bois,* c'est normalement la charge de quelque veneur qui doit
    trouver et détourner les cerfs.
139 *Le cerf dix-cors* a au moins 7 ans.
140 Contrairement aux autres, et en évitant de me fonder sur les signes, sur
    les *marques* (empreintes de la bête, etc.) qui pourraient indiquer un dix-
    corps, je pensais qu'il s'agissait plutôt d'un cerf de trois ans, dit de seconde
    tête (les premières cornes d'un cerf apparaissent au commencement de
    la seconde année et le cerf est dit alors à sa première tête).
141 On dispose les chiens dans certains endroits, les *relais*, pour les lancer
    sur la bête quand elle passera.
142 Un vrai gentilhomme de campagne.
143 *La rapière* est une épée longue, vieille et de peu de prix, selon Furetière.
    Tout l'équipement du campagnard (armes, cheval) est désuet et inadapté.
144 *Superbement* : avec orgueil.

Un grand benêt de fils, aussi sot que son père.
505 Il s'est dit grand chasseur, et nous a priés tous
Qu'il pût avoir le bien de courir avec nous.
Dieu préserve, en chassant, toute sage personne,
D'un porteur de huchet[145], qui mal à propos sonne,
De ces gens qui, suivis de dix hourets[146] galeux,
510 Disent *ma meute*, et font les chasseurs merveilleux !
Sa demande reçue et ses vertus prisées,
Nous avons été tous frapper à nos brisées[147].
À trois longueurs de trait, tayaut[148] ! voilà d'abord[149]
Le cerf donné aux chiens. J'appuie[150] et sonne fort.
515 Mon cerf débuche[151], et passe une assez longue plaine,
Et mes chiens après lui, mais si bien en haleine[152]
Qu'on les aurait couverts tous d'un seul justaucorps.
Il vient à la forêt. Nous lui donnons alors
La vieille meute[153] ; et moi, je prends en diligence
520 Mon cheval alezan[154]. Tu l'as vu ?

---

145 Le *huchet* est une sorte de cor (mot vieil, selon Richelet).
146 *Houret* : « mauvais chien de chasse » (Furetière).
147 *Frapper aux brisées*, c'est lâcher les chiens pour attaquer le cerf (*brisée* :
     petite branche cassée qu'on laisse pendre aux arbres ou que l'on sème
     sur le chemin pour marquer la voie de la bête).
148 La laisse qui tient les chiens, qui est de trois ou quatre pieds de long,
     est le *trait*. Dorante revit la chasse à courre, redonne les cris qui accom-
     pagnent la vue de la bête (*Tayaut !*) et la libération des chiens lancés
     contre le cerf.
149 Aussitôt.
150 *Appuyer les chiens*, c'est leur parler ou sonner de la trompe pour les exciter.
151 Le cerf *débuche* quand il sort du bois pour traverser une plaine et rejoindre
     un autre bois.
152 Les chiens courent d'un même et fort souffle, si bien qu'ils sont collés
     les uns aux autres et pourraient être couverts d'un seul justaucorps.
153 La *vieille meute* est constituée de chiens moins vigoureux, qui forment le
     second relais.
154 Le chasseur change de cheval et prend un *alezan* dont la robe et les crins
     sont jaune rougeâtre.

ÉRASTE

Non, je pense.

DORANTE

Comment ? C'est un cheval aussi bon qu'il est beau,
Et que ces jours passés j'achetai de Gaveau[155].
Je te laisse à penser si, sur cette matière,   [51]
Il voudrait me tromper, lui qui me considère.

525   Aussi je m'en contente[156] ; et jamais, en effet,
Il n'a vendu cheval, ni meilleur, ni mieux fait.
Une tête de barbe, avec l'étoile nette[157] ;
L'encolure d'un cygne, effilée et bien droite ;
Point d'épaules non plus qu'un lièvre ; court-jointé[158],

530   Et qui fait dans son port voir sa vivacité.
Des pieds, morbleu ! des pieds ! le rein double[159] (à
                                                    [vrai dire,
J'ai trouvé le moyen, moi seul, de le réduire[160] ;
Et sur lui, quoiqu'aux yeux il montrât beau
                                                    [semblant,
Petit-Jean[161] de Gaveau ne montait qu'en tremblant),

535   Une croupe, en largeur, à nulle autre pareille ;
Et des gigots, Dieu sait ! Bref, c'est une merveille ;
Et j'en ai refusé cent pistoles, crois-moi,

---

155 Marchand de chevaux célèbre à la cour.
156 J'en suis satisfait.
157 Un *barbe* est un cheval de Barbarie, un cheval arabe. *L'étoile* est une
      marque blanche sur le front d'un cheval.
158 « *Court-jointé* : qui a le pâturon court » (Furetière).
159 Voici l'explication de Couton dans sa note au texte : « Le cheval est assez
      musclé pour que la colonne vertébrale fasse sur son dos non une saillie,
      mais un sillon ». On parle alors de *rein double* ; le rein double était signe
      de vigueur.
160 *Réduire* : ramener au devoir.
161 Ce *Petit-Jean* devait être le casse-cou de Gaveau, celui qui devait monter
      les chevaux jeunes et vicieux.

Au retour d'un cheval amené par le roi[162].

Je monte donc dessus, et ma joie était pleine

540   De voir filer de loin les coupeurs[163] dans la plaine ;

Je pousse, et je me trouve en un fort[164] à l'écart,

À la queue de nos chiens moi seul avec Drécar[165].

Une heure là-dedans notre cerf se fait battre[166].

J'appuie[167] alors mes chiens, et fais le diable à quatre ;

545   Enfin, jamais chasseur ne se vit plus joyeux.

Je le relance seul, et tout allait des mieux,

Lorsque d'un jeune cerf s'accompagne[168] le nôtre ;

Une part de mes chiens se sépare de l'autre,

Et je les vois, Marquis, comme tu peux penser,

550   Chasser tous avec crainte, et Finaut balancer[169].

Il se rabat soudain, dont j'eus l'âme ravie ;

Il empaume la voie[170], et moi je sonne et crie :

« À Finaut ! à Finaut ! » J'en revois[171] à plaisir [E ij] [52]

---

162 Contre ce cheval, on lui offrait un cheval monté par le roi plus cent pistoles de retour.

163 Les *coupeurs* sont les chiens qui quittent la meute pour prendre les devants et trouver la bête.

164 *Fort* « se dit de l'endroit le plus épais et le plus touffu d'un bois. [...] Et parce que les bêtes se retirent toujours dans l'endroit du bois le plus épais, on appelle le lieu de leur repaire, de leur retraite, leur fort » (Dictionnaire de l'Académie, 1694).

165 Piqueur renommé.

166 *Battre* : « étendre ses veneurs par la campagne pour faire lever et sortir le gibier » (Furetière). Pour retrouver et relancer le cerf, il faut battre le fort pendant une heure.

167 Voir au v. 514.

168 Un cerf *s'accompagne* quand il trouve d'autres cerfs ou biches et se fait chasser avec eux.

169 Sollicités par plusieurs bêtes, les chiens *balancent*, hésitent, vont de l'une à l'autre.

170 *Empaumer la voie*, c'est saisir, suivre la piste. Finaut s'est rabattu, a retrouvé la bonne piste.

171 *En revoir* ou *revoir*, c'est voir sur la terre l'empreinte du pied d'un animal.

Sur une taupinière, et ressonne[172] à loisir.
555   Quelques chiens revenaient à moi, quand par
                                          [disgrâce[173]
Le jeune cerf, Marquis, à mon campagnard passe.
Mon étourdi se met à sonner comme il faut,
Et crie à pleine voix « Tayaut ! tayaut ! tayaut ! »
Mes chiens me quittent tous, et vont à ma pécore[174].
560   J'y pousse et j'en revois dans le chemin encore.
Mais à terre, mon cher, je n'eus pas jeté l'œil,
Que je connus le change[175] et sentis un grand deuil.
J'ai beau lui faire voir toutes les différences
Des pinces[176] de mon cerf et de ses connaissances[177],
565   Il me soutient toujours, en chasseur ignorant,
Que c'est le cerf de meute[178], et par ce différend
Il donne temps aux chiens d'aller loin. J'en enrage,
Et pestant de bon cœur contre le personnage,
Je pousse mon cheval et par haut et par bas,
570   Qui pliait des gaulis[179] aussi gros que les bras.
Je ramène les chiens à ma première voie,
Qui vont, en me donnant une excessive joie,

---

172 Je sonne à nouveau.
173 Par malheur.
174 *Aller à la pécore* signifie, en termes de chasse, « aller en quête de la bête ».
     Sens possible ici. Mais on peut préférer comprendre que *pécore* est employé
     au sens figuré pour désigner le sot chasseur que suivent les chiens de
     Dorante.
175 « *Change* en termes de vénerie, se dit quand des chiens qui poursuivaient
     un cerf ou quelque gibier le quittent pour courir après un autre qui se
     présente devant eux » (Furetière).
176 « On dit en termes de chasse *les pinces* du cerf, du sanglier, pour dire les
     pointes de leurs ongles » (Furetière).
177 « On dit qu'un cerf a *une connaissance* quand il se peut faire distinguer
     des autres par quelques marques » (Furetière).
178 Le *cerf de meute* est le premier sur lequel on a lancé la meute.
179 *Gaulis* : « branche d'arbre qu'il faut que les veneurs plient ou détournent
     quand ils percent dans le fort d'un bois » (Furetière).

Requérir notre cerf, comme s'ils l'eussent vu.
Ils le relancent ; mais ce coup est-il prévu ?
575   À te dire vrai, cher Marquis, il m'assomme.
Notre cerf relancé va passer à notre homme,
Qui croyant faire un trait de chasseur fort vanté,
D'un pistolet d'arçon qu'il avait apporté,
Lui donne justement au milieu de la tête,
580   Et de fort loin me crie : « Ah ! j'ai mis bas la bête ».
A-t-on jamais parlé de pistolets[180], bon Dieu !
Pour courre un cerf ? Pour moi, venant dessus le lieu,
J'ai trouvé l'action tellement hors d'usage,
Que j'ai donné des deux à mon cheval, de rage,   [53]
585   Et m'en suis revenu chez moi toujours courant,
Sans vouloir dire un mot à ce sot ignorant.

ÉRASTE

Tu ne pouvais mieux faire, et ta prudence est rare.
C'est ainsi des fâcheux qu'il faut qu'on se sépare.
Adieu.

DORANTE

              Quand tu voudras, nous irons quelque part
590   Où nous ne craindrons point de chasseur
                                        [campagnard.

ÉRASTE

Fort bien. Je crois qu'enfin je perdrai patience.
Cherchons à m'excuser avec diligence.

Fin du deuxième acte.

---

180 Les règles de la chasse à courre veulent que la bête soit achevée au couteau
    par le veneur et non d'un coup de pistolet.

BALLET DU SECOND ACTE   [54]

PREMIÈRE ENTRÉE

Des joueurs de boule l'arrêtent pour mesurer un coup dont ils sont en dispute. Il se défait d'eux avec peine, et leur laisse danser un pas, composé de toutes les postures qui sont ordinaires à ce jeu.

DEUXIÈME ENTRÉE

De petits frondeurs les viennent interrompre, qui sont chassés ensuite

TROISIÈME ENTRÉE

par des savetiers et des savetières, leurs pères, et autres, qui sont aussi chassés leur tour

QUATRIÈME ENTRÉE

par un jardinier qui danse seul, et se retire pour faire place au troisième acte.

ACTE III   [55]

Scène PREMIÈRE
ÉRASTE, LA MONTAGNE

ÉRASTE

Il est vrai, d'un côté mes soins ont réussi :
Cet adorable objet enfin s'est adouci.
595   Mais d'un autre on m'accable, et les astres sévères
Ont, contre mon amour, redoublé leurs colères.

Oui, Damis son tuteur, mon plus rude fâcheux,
Tout de nouveau s'oppose aux plus doux de mes
                                        [vœux,
À son aimable nièce a défendu ma vue,
600   Et veut d'un autre époux la voir demain pourvue.
Orphise toutefois, malgré son désaveu[181],
Daigne accorer ce soir une grâce à mon feu ;
Et j'ai fait consentir l'esprit de cette belle
À souffrir[182] qu'en secret je la visse chez elle.
605   L'amour aime surtout les secrètes faveurs ;
Dans l'obstacle qu'on force il trouve des douceurs ;
Et le moindre entretien de la beauté qu'on
                                        [aime, [E iiij] [56]
Lorsqu'il est défendu, devient grâce suprême.
Je vais au rendez-vous : c'en est l'heure, à peu près ;
610   Puis je veux m'y trouver plutôt avant qu'après.

LA MONTAGNE

Suivrai-je vos pas ?

ÉRASTE

        Non, je craindrais que peut-être
À quelques yeux suspects tu me fisses connaître[183].

LA MONTAGNE

Mais...

ÉRASTE

Je ne le veux pas.

---

181 Malgré le désaveu de son tuteur Damis.
182 À permettre.
183 Reconnaître.

LA MONTAGNE

Je dois suivre vos lois.

Mais au moins si de loin…

ÉRASTE

Te tairas-tu, vingt fois[184] ?

615 Et ne veux-tu jamais quitter cette méthode
De te rendre à toute heure un valet incommode ?

Scène II   [57]
CARITIDÈS, ÉRASTE

CARITIDÈS

Monsieur, le temps répugne à l'honneur de vous
                                    [voir[185] ;
Le matin est plus propre à rendre un tel devoir.
Mais de vous rencontrer il n'est pas bien facile,
620 Car vous dormez toujours, ou vous êtes en ville.
Au moins, messieurs vos gens me l'assurent ainsi ;
Et j'ai, pour vous trouver, pris l'heure que voici.
Encore est-ce un grand heur dont le destin m'honore,
Car deux moments plus tard, je vous manquais
                                    [encore.

ÉRASTE

625 Monsieur, souhaitez-vous quelque chose de moi ?

CARITIDÈS

Je m'acquitte, Monsieur, de ce que je vous dois,

---

184 Voilà vingt fois que je te le dis, faut-il te le répéter vingt fois ?
185 Manière pédante que dire que l'heure est mal choisie. Les solliciteurs présentent leurs requêtes plutôt le matin ; or, la nuit est en train de tomber.

Et vous viens… Excusez l'audace qui m'inspire,
Si…

ÉRASTE

Sans tant de façons, qu'avez-vous à me dire ?

CARITIDÈS   [58]

Comme le rang, l'esprit, la générosité
630 Que chacun vante en vous…

ÉRASTE

Oui, je suis fort vanté.
Passons, Monsieur.

CARITIDÈS

Monsieur, c'est une peine extrême
Lorsqu'il faut à quelqu'un se produire[186] soi-même ;
Et toujours près[187] des grands on doit être introduit
Par des gens qui de nous fassent un peu de bruit[188],
635 Dont la bouche écoutée avecque poids débite[189]
Ce qui peut faire voir notre petit mérite.
Enfin, j'aurais voulu que des gens bien instruits
Vous eussent pu, Monsieur, dire ce que je suis.

ÉRASTE

Je vois assez, Monsieur, ce que vous pouvez être,
640 Et votre seul abord le peut faire connaître.

---

186 Se montrer, se présenter.
187 Auprès.
188 Des gens qui parlent de nous, nous vantent, – nous fassent quelque
    publicité, dirions-nous.
189 *Débiter* : raconter, exposer.

CARITIDÈS

Oui, je suis un savant charmé de vos vertus.
Non pas de ces savants dont le nom n'est qu'en -*us* ;
Il n'est rien si commun qu'un nom à la latine.
Ceux qu'on habille en grec ont bien meilleure mine ;
645   Et pour en avoir un qui se termine en -*ès*,   [59]
Je me fais appeler Monsieur Caritidès[190].

ÉRASTE

Monsieur Caritidès soit. Qu'avez-vous à dire ?

CARITIDÈS

C'est un placet, Monsieur, que je voudrais vous lire,
Et que, dans la posture où vous met votre emploi,
650   J'ose vous conjurer de présenter au roi.

ÉRASTE

Hé ! Monsieur, vous pouvez le présenter vous-même.

CARITIDÈS

Il est vrai que le roi fait cette grâce extrême[191] ;
Mais par ce même excès[192] de ses rares bontés,
Tant de méchants[193] placets, Monsieur, sont
                                                  [présentés,
655   Qu'ils étouffent les bons ; et l'espoir où je fonde[194]

---

190 Orthographié exactement, Charitidès signifie « enfant des Grâces », en
     décalage avec un personnage de pédant ! Le grec fait fureur dans les
     salons, comme en témoignent Les Femmes savantes, où l'on s'embrasse
     pour l'amour du grec (III, 3) !
191 Louis XIV se voulait en effet accessible à tous ses sujets, à toute heure,
     pour s'adresser à lui ou lui présenter des placets.
192 *Excès* : importance, haut degré.
193 Mauvais.
194 *Fonder* est employée absolument, au sens de « se fonder, mettre sa
     confiance ».

Est qu'on donne le mien quand le prince est sans
[monde[195].

ÉRASTE

Eh bien ! vous le pouvez, et prendre votre temps[196].

CARITIDÈS

Ah ! Monsieur, les huissiers sont de terribles gens.
Ils traitent les savants de faquins à nasardes[197] ;
660   Et je n'en puis venir qu'à la salle des gardes[198].
Les mauvais traitements qu'il me faut endurer   [60]
Pour jamais de la cour me feraient retirer[199],
Si je n'avais conçu l'espérance certaine
Qu'auprès de notre roi vous serez mon Mécène[200].
665   Oui, votre crédit m'est un moyen assuré…

ÉRASTE

Eh bien ! donnez-moi donc, je le présenterai.

CARITIDÈS

Le voici ; mais au moins oyez[201]-en la lecture.

ÉRASTE

Non…

---

195 Sans entourage, seul.
196 Choisir votre moment.
197 *Faquin*, à l'origine un portefaix, désigne communément un individu sot
      et prétentieux. Les *nasardes* sont des coups sur le nez.
198 Caritidès est arrêté aux premiers barrages ; il n'est pas près d'atteindre
      le roi.
199 Comme un seigneur mécontent se retirerait de la cour ! Et comme si
      Caritidès avait été admis à la cour !
200 Comme *Mécène* était le ministre d'Auguste, Éraste deviendrait le ministre
      de Louis XIV chargé de soutenir les artistes et autres savants !
201 *Ouïr*, ici à l'impératif, était encore très courant dans la première moitié
      du XVIIe siècle.

CARITIDÈS

C'est pour être instruit. Monsieur, je vous
[conjure.

Au roi

SIRE,

Votre très humble, très obéissant, très fidèle et très savant
sujet et serviteur Caritidès, Français de nation, Grec de
profession[202]*, ayant considéré les grands et notables abus*[203]
qui se commet[61]*tent aux inscriptions des enseignes des*
maisons, boutiques, cabarets, jeux de boule, et autres lieux
de votre bonne ville de Paris, en ce que certains ignorants
compositeurs desdites inscriptions renversent, par une bar-
bare, pernicieuse et détestable orthographe, toute sorte de
sens et raison, sans aucun égard d'étymologie, analogie,
énergie, ni allégorie quelconque, au grand scandale de
la République des Lettres et de la nation française, qui
se décrie et déshonore par lesdits abus et fautes grossières
envers les étrangers, et notamment envers les Allemands,
curieux[204] *lecteurs et inspectateurs*[205] *desdites inscriptions...*

ÉRASTE

Ce placet est fort long et pourrait bien fâcher...

CARITIDÈS

670   Ah ! Monsieur, pas un mot ne s'en peut retrancher.

ÉRASTE

Achevez promptement[206].

---

202 C'est-à-dire helléniste de métier.
203 *Abus* : mauvais usages, mauvaises pratiques.
204 *Curieux* : soigneux.
205 Pédantisme sur le latin *inspectator/inspector*, « celui qui examine » (*inspectare*).
206 Ce premier hémistiche ne sera pas suivi d'un deuxième et le vers reste
    inachevé ; c'est pourquoi 1682 le supprime purement et simplement.

Caritidès continue.

...*supplie humblement Votre Majesté de créer, pour le bien
de son État et la gloire de* [F] [62] *son empire, une charge
de contrôleur, intendant, correcteur, réviseur et restaura-
teur général desdites inscriptions*[207] *; et d'icelle honorer le
suppliant, tant en considération de son rare et éminent
savoir, que des grands et signalés services qu'il a rendus
à l'État et à Votre Majesté en faisant l'anagramme*[208] *de
Votredite Majesté en français, latin, grec, hébreu, syriaque,
chaldéen, arabe...*

ÉRASTE, *l'interrompant.*

Fort bien. Donnez-le vite, et faites la retraite[209].
Il sera vu du roi, c'est une affaire faite.

CARITIDÈS

Hélas! Monsieur, c'est tout que montrer mon placet.
Si le roi le peut voir, je suis sûr de mon fait.
675 Car comme sa justice en toute chose est grande,
Il ne pourra jamais refuser ma demande.
Au reste, pour porter au Ciel votre renom,
Donnez-moi par écrit votre nom et surnom[210];
J'en veux faire un poème en forme d'acrostiche

La plupart des éditeurs modernes le gardent mais ne le comptent pas
dans la numérotation des vers de la pièce.

207 Un éditeur et commentateur des œuvres de Molière du début du
XIXe siècle, Louis-Simon Auger, fait malicieusement remarquer que
le ridicule de la proposition (intéressée) de Caritidès a eu des héri-
tiers, puisqu'il signale un bureau contemporain chargé de surveiller
l'orthographe des inscriptions en dehors des boutiques ...

208 Une note de Couton signale, d'un certain sieur Douet, qui illustrait la
manie des anagrammes, le volume suivant : *Anagrammes sur l'auguste
nom de Sa Majesté très chrétienne...*, de 1649.

209 *Faire la retraite* : se retirer.

210 Votre prénom (*nom*) et votre patronyme (*surnom*).

680   Dans les deux bouts du vers, et dans chaque
                                        [hémistiche[211].

                            ÉRASTE
       Oui, vous l'aurez demain, Monsieur Caritidès.
       Ma foi[212], de tels savants sont des ânes bien faits.
       J'aurais dans d'autres temps bien ri de sa sottise…

                        Scène III   [63]
                      ORMIN, ÉRASTE

                            ORMIN
       Bien qu'une grande affaire en ce lieu me conduise,
685   J'ai voulu qu'il sortît avant que vous parler.

                            ÉRASTE
       Fort bien ; mais dépêchons, car je veux m'en aller.

                            ORMIN
       Je me doute à peu près que l'homme qui vous quitte
       Vous a fort ennuyé, Monsieur, par sa visite.
       C'est un vieux importun, qui n'a pas l'esprit sain,
690   Et pour qui j'ai toujours quelque défaite[213] en main.
       Au mail, à Luxembourg et dans les Tuileries[214],

---

211 *L'acrostiche* proposé proposera non seulement le nom d'Éraste quand on
     lira la première lettre de chaque vers du poème dans le sens vertical,
     mais aussi quand on lira, toujours verticalement, la dernière lettre de
     chaque vers et la dernière lettre de chaque premier hémistiche. Ce tour
     de force sera un triple acrostiche !
212 Éraste est désormais seul sur la scène.
213 Quelque échappatoire.
214 Le *Mail* était établi à l'extrémité orientale de l'Arsenal, sur un bastion.
     On disait *Luxembourg*, sans article, pour le jardin du Luxembourg.

Il fatigue le monde avec ses rêveries[215] ;
Et des gens comme vous doivent fuir l'entretien
De tous ces savantas[216] qui ne sont bons à rien.
695   Pour moi, je ne crains pas que je vous importune,
Puisque je viens, Monsieur, faire votre fortune.

ÉRASTE

Voici quelque souffleur[217], de ces gens qui n'ont rien
Et vous viennent toujours promettre tant de bien.
Vous avez fait, Monsieur, cette bénite pierre[218] [F ij] [64]
700   Qui peut seule enrichir tous les rois de la terre ?

ORMIN

La plaisante pensée, hélas ! où vous voilà !
Dieu me garde, Monsieur, d'être de ces fous-là !
Je ne me repais point de visions frivoles,
Et je vous porte ici les solides paroles
705   D'un avis que par[219] vous je veux donner au roi,
Et que tout cacheté je conserve sur moi.
Non de ces sots projets, de ces chimères vaines,
Dont les surintendants[220] ont les oreilles pleines ;

---

215 *Rêveries* : chimères, idées folles.

216 Les premières éditions ont *savants*, ce qui fait un vers incomplet ; 1682 donne donc la leçon *savantas* (« injure gasconne que dit à un homme de lettres un ignorant qui méprise les savants », dit Furetière ; « un homme qui a un savoir confus, et qui affecte de paraître docte », dit le Dictionnaire de l'Académie, 1694).

217 Quelque alchimiste. Éraste prononce ces deux vers en *a parte*, avant de s'adresser à nouveau à Ormin.

218 La pierre philosophale (les alchimistes « l'appellent la benoiste ou absolument la pierre », Furetière), qui pouvait opérer la transmutation des métaux en or, selon les alchimistes.

219 L'original *pour*, évidemment fautif, a été corrigé dans les éditions ultérieures, que nous suivons, en *par*.

220 Des *surintendants* comme Fouquet, d'ailleurs en prison quand le texte imprimé des *Fâcheux* parut.

Non de ces gueux d'avis, dont les prétentions
710   Ne parlent que de vingt ou trente millions.
Mais un qui, tous les ans, à si peu qu'on le monte,
En peut donner au roi quatre cents, de bon compte[221],
Avec facilité, sans risque, ni soupçon,
Et sans fouler[222] le peuple en aucune façon.
715   Enfin, c'est un avis d'un gain inconcevable,
Et que du premier mot on trouvera faisable.
Oui, pourvu que par vous je puisse être poussé…

ÉRASTE

Soit, nous en parlerons ; je suis un peu pressé.

ORMIN

Si vous me promettiez de garder le silence,
720   Je vous découvrirais cet avis d'importance.

ÉRASTE

Non, non, je ne veux point savoir votre secret.

ORMIN   [65]

Monsieur, pour le trahir, je vous crois trop discret,
Et veux, avec franchise, en deux mots vous
                                    [l'apprendre.
Il faut voir si quelqu'un ne peut point nous
                                    [entendre[223].
725   Cet avis merveilleux, dont je suis l'inventeur,
Est que…

---

221 Les donneurs d'avis pullulaient, qui prétendaient proposer au roi quelque
      moyen de trouver de l'argent.
222 *Fouler*, c'est opprimer, accabler.
223 Des éditions ultérieures donnent des jeux de scènes intéressants : 1682
      indique qu'Ormin parle à l'oreille d'Éraste ; 1734 signale qu'après avoir
      regardé si personne n'écoute, Ormin s'approche de l'oreille d'Éraste.

ÉRASTE
D'un peu plus loin, et pour cause[224],
                                    [Monsieur.

ORMIN
Vous voyez le grand gain, sans qu'il faille le dire,
Que de ces ports de mer le roi tous les ans tire.
Or l'avis, dont encor nul ne s'est avisé,
730   Est qu'il faut de la France, et c'est un coup aisé,
En fameux ports de mer mettre toutes les côtes.
Ce serait pour monter à des sommes très hautes,
Et si…

ÉRASTE
L'avis est bon, et plaira fort au roi.
Adieu, nous nous verrons.

ORMIN
                              Au moins appuyez-moi,
735   Pour en avoir ouvert les premières paroles[225].

ÉRASTE
Oui, oui.

ORMIN   [F vj] [66]
              Si vous vouliez me prêter deux pistoles,
Que vous reprendriez sur le droit de l'avis[226],
Monsieur…

---

224 S'étant approché d'Éraste, Ormin lui impose certainement son odeur
    désagréable !
225 Parce que c'est moi qui en ai parlé le premier.
226 C'est-à-dire sur la récompense, le pourcentage que vous vaudra l'avis,
    l'invention que je viens de vous donner.

ÉRASTE

Oui, volontiers[227]. Plût à Dieu qu'à ce prix
De tous les importuns je pusse me voir quitte !
740   Voyez quel contretemps prend ici leur visite !
Je pense qu'à la fin je pourrai bien sortir.
Viendra-t-il point quelqu'un encor me divertir[228] ?

Scène IV   [67]
FILINTE, ÉRASTE

FILINTE

Marquis, je viens d'apprendre une étrange nouvelle.

ÉRASTE

Quoi ?

FILINTE

Qu'un homme, tantôt, t'a fait une querelle.

ÉRASTE

745   À moi ?

FILINTE

Que te sert-il de le dissimuler ?
Je sais de bonne part qu'on t'a fait appeler[229] ;
Et comme ton ami, quoi qu'il en réussisse[230],
Je te viens, contre tous, faire offre de service.

---

227 Avec l'édition de 1734, il faut imaginer qu'Éraste donne les deux pistoles
     à Ormin et s'en débarrasse ainsi, avant de se retrouver seul.
228 *Divertir* : détourner.
229 Faux bruit ou invention de Filinte : jamais Éraste n'a été appelé à se
     battre avec quiconque ; et il n'a pas besoin de second pour un duel ni
     pour le protéger.
230 *Réussir* : résulter, sortir.

ÉRASTE

Je te suis obligé ; mais crois que tu me fais…

FILINTE

750   Tu ne l'avoueras pas, mais tu sors sans valets.
Demeure dans la ville, ou gagne la campagne, [F iiij] [68]
Tu n'iras nulle part que je ne t'accompagne.

ÉRASTE

Ah ! j'enrage[231] !

FILINTE

À quoi bon de te cacher[232] de moi ?

ÉRASTE

Je te jure, Marquis, qu'on s'est moqué de toi.

FILINTE

755   En vain tu t'en défends.

ÉRASTE

Que le Ciel me foudroie,
Si d'aucun démêlé… !

FILINTE

Tu penses qu'on te croie ?

ÉRASTE

Eh ! mon Dieu, je te dis et ne déguise point,
Que…

---

231 Éraste ne peut pester qu'en aparté.
232 Rétablir « à quoi est-il bon de, à qui te sert-il de », pour justifier le *de*.

FILINTE

Ne me crois pas dupe, et crédule à ce point.

ÉRASTE   [69]

Veux-tu m'obliger ?

FILINTE

Non.

ÉRASTE

Laisse-moi, je te prie.

FILINTE

760   Point d'affaire²³³, Marquis.

ÉRASTE

Une galanterie²³⁴,

En certain lieu, se soir...

FILINTE

Je ne te quitte pas ;

En quelque lieu que ce soit, je veux suivre tes pas.

ÉRASTE

Parbleu ! puisque tu veux que j'aie une querelle,

Je consens à l'avoir pour contenter ton zèle :

765   Ce sera contre toi qui me fais enrager,

Et dont je ne me puis par douceur dégager.

FILINTE   [70]

C'est fort mal d'un ami recevoir le service.

---

233 Peine perdue, je ne veux rien entendre.
234 Une affaire galante : le rendez-vous amoureux que lui a donné Orphise.

Mais puisque je vous rends un si mauvais office[235],
Adieu ; videz[236] sans moi tout ce que vous aurez.

ÉRASTE

770 Vous serez mon ami quand vous me quitterez[237].
Mais voyez quels malheurs suivent ma destinée !
Ils m'auront fait passer l'heure qu'on m'a donnée.

Scène v   [71]
DAMIS, L'ESPINE, ÉRASTE, LA RIVIÈRE

DAMIS

Quoi ? malgré moi le traître espère l'obtenir ?
Ah ! mon juste courroux le saura prévenir[238].

ÉRASTE

775 J'entrevois là quelqu'un sur la porte d'Orphise.
Quoi ? toujours quelque obstacle aux feux qu'elle
                                        [autorise !

DAMIS

Oui, j'ai su que ma nièce, en dépit de mes soins[239],
Doit voir ce soir chez elle Éraste sans témoins.

---

235 *Office* : service qu'on rend.
236 Terminez.
237 Filinte quitte alors Éraste, qui prononce les deux vers suivants seul sur
   scène. Il restera sur le côté au début du dialogue suivant de la scène 5,
   avant d'intervenir pour sauver Damis.
238 Devancer.
239 *Soins* : précautions.

LA RIVIÈRE

Qu'entends-je à ces gens-là dire de notre maître[240] ?

780   Approchons doucement sans nous faire connaître[241].

DAMIS

Mais avant qu'il ait lieu d'achever son dessein,
Il faut, de mille coups, percer son traître sein.
Va-t'en[242] faire venir ceux que je viens de dire, [72]
Pour les mettre en embûche[243] aux lieux que je
[désire,
785   Afin qu'au nom d'Éraste on soit prêt à venger
Mon honneur, que ses feux ont l'orgueil d'outrager,
À rompre un rendez-vous qui dans ce lieu l'appelle,
Et noyer dans son sang sa flamme criminelle.

LA RIVIÈRE, *l'attaquant avec ses compagnons.*

Avant qu'à tes fureurs on puisse l'immoler,
790   Traître, tu trouveras en nous à qui parler.

ÉRASTE, *mettant l'épée à la main.*

Bien qu'il m'ait voulu perdre, un point d'honneur
[me presse
De secourir ici l'oncle de ma maîtresse.
Je suis à vous, Monsieur.

DAMIS, *après leur fuite.*
                              Ô Ciel ! par quel secours

---

240 La Rivière est un serviteur d'Éraste. Il est ici accompagné d'autres ser-
     viteurs muets, que la liste des personnages de la scène n'ajoutera qu'en
     1682.
241 Reconnaître.
242 Damis s'adresse à son valet L'Espine qui est bien sur la scène, mais restera
     muet.
243 En embuscade.

D'un trépas assuré vois-je sauver mes jours ?
795   À qui suis-je obligé d'un si rare[244] service ?

ÉRASTE[245]

Je n'ai fait, vous servant, qu'un acte de justice.

DAMIS

Ciel ! puis-je à mon oreille ajouter quelque foi ?
Est-ce la main d'Éraste... ?

ÉRASTE

                    Oui, oui, Monsieur, c'est
                                    [moi.
Trop heureux que ma main vous ait tiré de peine, [73]
800   Trop malheureux d'avoir mérité votre haine.

DAMIS

Quoi ? celui dont j'avais résolu le trépas
Est celui qui pour moi vient d'employer son bras ?
Ah ! c'en est trop, mon cœur est contraint de se
                                    [rendre ;
Et quoi que votre amour, ce soir, ait pu prétendre,
805   Ce trait si surprenant de générosité
Doit étouffer en moi toute animosité.
Je rougis de ma faute et blâme mon caprice[246].
Ma haine trop longtemps vous a fait injustice ;
Et pour la condamner par un éclat fameux[247],
810   Je vous joins, dès ce soir, à l'objet de vos vœux.

---

244 Un service exceptionnel.
245 Il revient après avoir poursuivi les assaillants de Damis.
246 Mon projet insensé (de vous faire assassiner).
247 Par une manifestation retentissante (*éclat*) et solennelle (*fameux*).

Scène VI   [G] [74]

ORPHISE, DAMIS, ÉRASTE, SUITE

ORPHISE, *venant avec un flambeau*
d'argent à la main.
Monsieur, quelle aventure a d'un trouble
                              [effroyable... ?

DAMIS

Ma nièce, elle n'a rien que de très agréable,
Puisque après tant de vœux que j'ai blâmés en vous,
C'est elle qui vous donne Éraste pour époux.
815   Son bras a repoussé le trépas que j'évite ;
Et je veux, envers lui, que votre main m'acquitte.

ORPHISE

Si c'est pour lui payer ce que vous lui devez,
J'y consens, devant tout aux jours qu'il a sauvés.

ÉRASTE

Mon cœur est si surpris d'une telle merveille
820   Qu'en ce ravissement je doute si je veille.

DAMIS   [75]

Célébrons l'heureux sort dont vous allez jouir,
Et que nos violons viennent nous réjouir.

Comme les violons veulent jouer,
on frappe fort à la porte.

ÉRASTE

Qui frappe là si fort ?

L'ESPINE

Monsieur, ce sont des masques,
Qui portent des crincrins[248] et des tambours de
[Basques[249].

Les Masques entrent qui occupent toute la place.

ÉRASTE

825   Quoi ? toujours des fâcheux ! Holà ! suisses, ici !
Qu'on me fasse sortir ces gredins que voici.

BALLET DU TROISIÈME ACTE   [76]

PREMIÈRE ENTRÉE

Des suisses avec des hallebardes chassent tous les Masques
fâcheux, et se retirent ensuite pour laisser danser à leur aise

DERNIÈRE ENTRÉE

Quatre bergers et une bergère qui, au sentiment de tous ceux
qui l'ont vue, ferme le divertissement d'assez bonne grâce.

---

248 Le *crin-crin* : jouet d'enfant, formé d'un petit cylindre de carton attaché
par un crin (d'où son nom) à un bâton autour duquel on le fait tourner
pour faire du bruit (*crin-crin* pourrait être aussi l'onomatopée de ce son).
Ce dernier sens est longtemps attesté. À partir de 1751, on trouvera aussi
le sens de « mauvais violon ».

249 Le *tambour de basque* est un petit tambour récréatif et « qui a des sonnettes
ou de petites plaques de cuivre enchâssées dans les fentes faites dans son
corps pour faire du bruit. Les Bohémiens s'en servent en dansant leurs
sarabandes » (Furetière).

Les Suisses. Première entrée du troisième acte.

Les Bergers.

Deuxième air.

FIN DU BALLET DES *FÂCHEUX*

EXTRAIT DU PRIVILÈGE DU ROI   [n. p.]

Par grâce et Privilège du Roi donné à Paris le 5 février, signé BOUCHET : Il est permis au Sieur MOLIÈRE de faire imprimer une pièce de théâtre de sa composition, intitulée *Les Fâcheux*, pendant l'espace de cinq années ; et défenses sont faites à tous autres de l'imprimer, sur peine de cinq cents livres d'amende, de tous dépens, dommages et intérêts, comme est porté plus amplement par lesdites Lettres.

Et ledit Sieur de MOLIÈRE *a cédé et transporté le droit du Privilège à* GULLAUME DE LUYNE, *marchand libraire à Paris, pour en jouir le temps porté par icelui.* [n. p.]

Et ledit de Luyne a fait part du présent Privilège à Charles de Sercy, Jean Guignard, Claude Barbin et Gabriel Quinet, pour en jouir conjointement.

Achevé d'imprimer le 18 février 1662.

Registré sur le Livre de la Communauté le 13 février 1662.

Signé DUBRAY, Syndic.

Les exemplaires ont été fournis.

ANNEXES

1/ LA FONTAINE, LETTRE À M. DE MAUCROIX
Relation d'une fête donnée à Vaux

Cette lettre de La Fontaine à son ami Maucroix, alors à Rome pour le compte de Fouquet, est datée du 22 août 1661, soit cinq jours après la fête de Vaux, que la Fontaine avait admirée et à laquelle Maucroix n'avait pu évidemment assister. La Fontaine lui en fait donc la relation, en mélangeant la prose et le vers mêlé (prosimètre). Je suis l'édition de Pierre Clarac (La Fontaine, Œuvres complètes. Tome II : Œuvres diverses, Paris, Gallimard, 1958, pour la Pléiade, p. 522-527).

Si tu n'as pas reçu réponse à la lettre que tu m'as écrite, ce n'est pas ma faute ; je t'en dirai une autre fois la raison, et je ne t'entretiendrai pour ce coup-ci que de ce qui regarde M. le Surintendant. Non que je m'engage à t'envoyer des relations de tout ce qui lui arrivera de remarquable : l'entreprise serait trop grande, et en ce cas-là je le supplierais très humblement de se donner quelquefois la peine de faire des choses qui ne méritassent point que l'on en parlât, afin que j'eusse le loisir de me reposer. Mais je crois qu'il y serait aussi empêché que je le suis à présent. On dirait que la Renommée n'est faite que pour lui seul, tant il lui donne d'affaires tout à la fois. Bien en prend à cette déesse de ce qu'elle est née avec cent bouches ; encore n'en a-t-elle pas la moitié de ce qu'il faudrait pour célébrer dignement un si grand héros, et je crois que quand elle en aurait mille, il trouverait de quoi les occuper toutes.

Je ne te conterai donc que ce qui s'est passé à Vaux le 17 de ce mois. Le roi, la reine mère, Monsieur, Madame, quantité de princes et de seigneurs s'y trouvèrent[1] ; il y eut un souper magnifique, une excellente comédie, un ballet fort divertissant, et un feu[2] qui ne devait rien à celui qu'on fit pour l'Entrée[3].

> Tous les sens furent enchantés ;
> Et le régal[4] eut des beautés
> Dignes du lieu, dignes du maître,
> Et dignes de Leurs Majestés,
> Si quelque chose pouvait l'être.

On commença par la promenade. Toute la Cour regarda les eaux avec grand plaisir. Jamais Vaux ne sera plus beau qu'il le fut cette soirée-là, si la présence de la Reine ne lui donne encore un lustre qui véritablement lui manquait. Elle était demeurée à Fontainebleau pour une affaire fort importante : tu vois bien que j'entends parler de sa grossesse. Cela fit qu'on se consola, et enfin on ne pensa plus qu'à se réjouir. Il y eut grande contestation entre la Cascade, la Gerbe d'eau, la Fontaine de la Couronne et les Animaux[5], à qui plairait davantage ; les dames n'en firent pas moins de leur part.

---

1   La cour, qui avait quitté Fontainebleau vers 3 heures de l'après-midi, arriva à Vaux vers 6 heures, par un temps magnifique.

2   Un feu d'artifice.

3   Il s'agit de l'entrée de la reine Marie-Thérèse à Paris, le 26 août 1660.

4   Le *régal* est la fête, le divertissement offert par Fouquet au roi et à la cour.

5   Il existait en effet une fontaine des animaux, ailleurs décrite par La Fontaine.

> Toutes entre elles de beauté
> Contestèrent aussi chacune à sa manière :
> La Reine avec ses fils[6] contesta de bonté ;
> Et Madame, d'éclat avecque la lumière.

Je remarquai une chose à quoi peut-être on ne prit pas garde : c'est que les Nymphes de Vaux eurent toujours les yeux sur le roi ; sa bonne mine les ravit toutes, s'il est permis d'user de ce mot en parlant d'un si grand prince.

Ensuite de[7] la promenade on alla souper. La délicatesse et la rareté des mets furent grandes ; mais la grâce avec laquelle Monsieur et Madame la Surintendante firent les honneurs de leur maison le fut encore davantage.

Le souper fini, la comédie[8] eut son tour. On avait dressé le théâtre au bas de l'allée des sapins.

> En cet endroit qui n'est pas le moins beau
> De ceux qu'enferme un lieu si délectable,
> Au pied de ces sapins et sous la grille d'eau[9],
> Parmi la fraîcheur agréable
> Des fontaines, des bois, de l'ombre, et des zéphyrs,
> Furent préparés les plaisirs
> Que l'on goûta cette soirée.
> De feuillages touffus la scène était parée,
> Et de cent flambeaux éclairée ;
> Le Ciel en fut jaloux. Enfin figure-toi
> Que, lorsqu'on eut tiré les toiles[10],
> Tout combattit à Vaux pour le plaisir du roi :

---

6   La reine mère, Anne d'Autriche, avec ses deux fils, Louis XIV et Philippe d'Orléans, Monsieur.

7   À la suite de.

8   La comédie des *Fâcheux*.

9   La *grille d'eau* (on disait aussi le *pont d'eau*) est une ensemble de fontaines en ligne, qui quand elles sont alimentées et en action, figurent les barreaux d'une grille imités par les jets d'eau. Sylvestre nous a laissé une gravure de la grille d'eau de Vaux.

10 Le rideau de scène.

La musique, les eaux, les lustres, les étoiles.

Les décorations furent magnifiques, et cela ne se passa
point sans machines.

On vit des rocs s'ouvrir, des termes se mouvoir,
Et sur son piédestal tourner mainte figure.
    Deux enchanteurs pleins de savoir
    Firent tant par leur imposture,
    Qu'on crut qu'ils avaient le pouvoir
    De commander à la nature :
L'un de ces enchanteurs est le sieur Torelli,
Magicien expert, et faiseur de miracles ;
Et l'autre c'est Le Brun, par qui Vaux embelli
Présente aux regardants mille rares spectacles,
Le Brun, dont on admire et l'esprit et la main,
Père d'inventions agréables et belles,
Rival des Raphaëls, successeur des Apelles[11],
Par qui notre climat ne doit rien au romain ;
Par l'avis de ces deux la chose fut réglée.
    D'abord aux yeux de l'assemblée
    Parut un rocher si bien fait
    Qu'on le crut rocher en effet ;
Mais, insensiblement se changeant en coquille,
    Il en sortit une Nymphe gentille
    Qui ressemblait à la Béjart[12],
    Nymphe excellente dans son art,
    Et que pas une ne surpasse.
Aussi récita-t-elle avec beaucoup de grâce
Un prologue, estimé l'un des plus accomplis
    Qu'en ce genre on pût écrire,
    Et plus beau que je ne dis,
    Ou bien que je n'ose dire :

---

11 Une référence ancienne (*Apelle*, le peintre grec du IVe siècle avant le Christ)
  et une autre moderne (*Raphaël*, le célèbre peintre italien du XVIe siècle).
  Références magnifiques !

12 Madeleine Béjart, compagne de Molière et une de ses meilleures actrices.
  Pour tout ce passage, voir l'annotation du Prologue des *Fâcheux*, *supra*.

> Car il est de la façon
> De notre ami Pellisson.
> Ainsi, bien que je l'admire,
> Je m'en tairai, puisqu'il n'est pas permis
> De louer ses amis.

Dans ce prologue, la Béjart, qui représente la Nymphe de la fontaine où se passe cette action, commande aux divinités qui lui sont soumises de sortir des marbres qui les enferment, et de contribuer de tout leur pouvoir au divertissement de Sa Majesté ; aussitôt les termes et les statues qui font partie de l'ornement du théâtre se meuvent, et il en sort, je ne sais comment, des Faunes et des Bacchantes qui font l'une des entrées du ballet. C'est une fort plaisante chose que de voir accoucher un terme, et danser l'enfant en venant au monde.

Tout cela fait place à la comédie, dont le sujet est un homme arrêté par toute sorte de gens, sur le point d'aller à une assignation amoureuse.

> C'est un ouvrage de Molière :
> Cet écrivain par sa manière
> Charme à présent toute la Cour.
> De la façon que son nom court,
> Il doit être par delà Rome[13].
> J'en suis ravi, car c'est mon homme.
> Te souvient-il bien qu'autrefois
> Nous avons conclu d'une voix
> Qu'il allait ramener en France
> Le bon goût et l'air de Térence ?
> Plaute n'est plus qu'un plat bouffon ;
> Et jamais il ne fit si bon
> Se trouver à la comédie ;
> Car ne pense pas qu'on y rie
> De maint trait jadis admiré,

---

13   Où se trouve Maucroix…

> Et bon *in illo tempore*[14] ;
> Nous avons changé de méthode :
> Jodelet n'est plus à la mode,
> Et maintenant il ne faut pas
> Quitter la nature d'un pas.

On avait accommodé le ballet à la comédie autant qu'il était possible, et tous les danseurs y représentaient des fâcheux de plusieurs manières. En quoi certes ils ne parurent nullement fâcheux à notre égard ; au contraire, on les trouva fort divertissants, et ils se retirèrent trop tôt au gré de la compagnie. Dès que ce plaisir fut cessé, on courut à celui du feu[15].

> Je voudrais bien t'écrire en vers
> Tous les artifices divers
> De ce feu le plus beau du monde,
> Et son combat avecque l'onde,
> Et le plaisir des assistants.
> Figure-toi qu'en même temps
> On vit partir mille fusées,
> Qui par des routes embrasées
> Se firent toutes dans les airs
> Un chemin tout rempli d'éclairs,
> Chassant la nuit, brisant ses voiles.
> As-tu vu tomber des étoiles ?
> Tel est le sillon enflammé,
> Ou le trait qui lors est formé.
> Parmi ce spectacle si rare,
> Figure-toi le tintamarre,
> Le fracas, et les sifflements,
> Qu'on entendait à tous moments.

---

14   En ce temps là, en ce temps ancien où on estimait surtout Plaute et
     où le farceur Jodelet (d'ailleurs engagé par Molière pour ses *Précieuses
     ridicules*), faisait encore rire.
15   Alors va commencer la description du feu d'artifice, qui a visiblement
     fasciné La Fontaine.

De ces colonnes embrasées
Il renaissait d'autres fusées,
Ou d'autres formes de pétard,
Ou quelque autre effet de cet art ;
Et l'on voyait régner la guerre
Entre ces enfants du tonnerre.
L'un contre l'autre combattant,
Voltigeant et pirouettant,
Faisait un bruit épouvantable,
C'est-à-dire un bruit agréable.
Figure-toi que les Échos
N'ont pas un moment de repos,
Et que le chœur des Néréides
S'enfuit sous ses grottes humides.
De ce bruit Neptune étonné
Eût craint de se voir détrôné,
Si le monarque de la France
N'eût rassuré par sa présence
Ce dieu des moites tribunaux[16],
Qui crut que les dieux infernaux
Venaient donner des sérénades
À quelques-unes des Naïades.
Enfin, la peur l'ayant quitté,
Il salua Sa Majesté.
Je n'en vis rien, mais il n'importe :
Le raconter de cette sorte
Est toujours bon ; et quant à toi,
Ne t'en fais pas un point de foi.

Au bruit de ce feu succéda celui des tambours : car, le roi voulant s'en retourner à Fontainebleau cette même nuit, les mousquetaires étaient commandés. On retourna donc au château, où la collation était préparée. Pendant le chemin, tandis qu'on s'entretenait de ces choses, et lorsqu'on ne s'attendait plus à rien, on vit en un moment le ciel obscurci d'une épouvantable nuée de fusées et de

---

16   Les tribunaux du dieu de la mer sont humides (*moites*), en effet.

serpenteaux[17]. Faut-il dire obscurci ou éclairé ? Cela par-
tait de la lanterne du dôme ; ce fut en cet endroit que la
nuée creva : d'abord, on crut que tous les astres, grands
et petits, étaient descendus en terre, afin de rendre hom-
mage à Madame ; mais, l'orage étant cessé, on les vit tous
en leur pace. La catastrophe[18] de ce fracas fut la perte de
deux chevaux.

> Ces chevaux, qui jadis un carrosse tirèrent,
> Et tirent maintenant la barque de Caron[19],
>   Dans les fossés de Vaux tombèrent,
>   Et puis de là dans l'Achéron.

Ils étaient attelés à l'un des carrosses de la Reine ; et
s'étant cabrés à cause du feu et du bruit, il fut impossible
de les retenir. Je ne croyais pas que cette relation dût avoir
une fin si tragique et si pitoyable. Adieu. Charge ta mémoire
de toutes les belles choses que tu verras au lieu où tu es.

Ce 22 août 1661.

---

17 *Serpenteaux* : fusées volantes qui suivent un trajet sinueux.
18 Ici : issue malheureuse.
19 Sur sa barque, *Charon* passe les âmes des morts à travers les marais de
    l'Achéron, sur l'autre rive du fleuve des Enfers.

2/ ANDRÉ FÉLIBIEN

Relation des magnificences faites par M. Fouquet
à Vaux-le-Vicomte lorsque le Roy y alla,
le 17 août 1661, et de la somptuosité de ce lieu

Ce texte, peut-être commandé par Fouquet à Félibien, fournit, sous forme d'une lettre en prose, une relation des festivités d'août 1661. Il est conservé dans le recueil manuscrit « Thoisy » (BnF, Rés. nᵒ 402, ff 714-721). Il ne fut publié qu'en 1924 par Jean Cordey, dans son Vaux-le-Vicomte. *Nous suivons l'excellente édition réalisée depuis par Jacques Thuillier et publiée par* Le Fablier, *numéro 11, 1999, p. 31-33. Nous modernisons la graphie et, éventuellement, la ponctuation. Relation de l'architecte, théoricien et historien de l'art – et homme de goût ! –, après celle du poète La Fontaine.*

Je vous ai promis une relation de ce qui se passerait à Vaux. Je serais bien heureux si ma mémoire peut fournir à tant de diverses choses que j'y ai vues, et j'aurais fait un ouvrage fort accompli si je vous en peux faire une représentation approchant de la vérité ; il faut pourtant l'entreprendre.

Le roi partit de Fontainebleau le 17 de ce mois à trois heures après-midi et joignit bientôt Madame, qui allait en litière dans le soupçon d'une grossesse. La reine mère était dans son carrosse. Toute la cour suivit, où était M. le Prince, M. de Longueville, M. le Duc, M. de Beaufort, M. de Guise et quantité d'autres princes et seigneurs, qui arrivèrent environ sur les six heures.

On aborde Vaux par cent allées différentes à perte de vue venant de divers endroits auxquels il ne manque qu'un plus long âge[20]. On y entre par une grande cour, qui a

---

20   La fin de cette phrase étant mal compréhensible (que sont ces endroits
     ou ces allées auxquels il ne manque qu'un plus long âge ?), Jacques

deux basses-cours à ses deux ailes[21], où sont toutes les commodités du logement et du nécessaire pour la suite d'un fort grand seigneur comme son maître. Et ses bâtiments pour le commun seraient de fort beaux et magnifiques palais s'ils étaient ailleurs : l'ordre, l'architecture et la maçonnerie y sont employés en perfection.

Cette cour d'une vaste étendue conduit dans la cour du château, qui est entourée de fossés à fond de cuve remplis d'eau, revêtus de pierre de taille comme tous les autres canaux de ce magnifique séjour. Deux fontaines jaillissantes sont à chaque bout de la cour et donnent une belle eau au fossé. Cette cour est fort grande et est autour relevée en parapet et en terrasse ; le château élevé paraît merveilleusement. Mais ce serait entreprendre plus que je ne peux d'en vouloir faire la peinture.

Les meubles sont splendides et somptueux dans les appartements, et Leurs Majestés s'y reposèrent jusqu'a ce que le soleil fût baissé.

La chaleur du jour étant passée, le roi entra dans le jardin où l'art a employé tout ce qu'il y a de beau. On voit en entrant deux grands canaux aux deux côtés ornés de quatre jets d'eau d'une hauteur extraordinaire. Leurs Majestés firent leur promenade par la longueur d'une allée et d'une largeur fort grande[22] ; au lieu d'espaliers ordinaires, elle est bordée d'un canal dont l'eau coule dans des bords de gazon, faisant un agréable murmure par la chute de plus de deux cents jets d'eau d'une même hauteur, et l'on voit, dans les divers compartiments des parterres, cinquante fontaines jaillissantes de différentes figures.

Thuillier soupçonne à juste titre quelque omission.

21 Les *basses-cours* sont les cours destinées aux écuries, aux équipages, par opposition à la grande cour ou cour d'honneur.

22 Autre lapsus signalé par J. Thuillier qui propose de lire : « par une allée d'une longueur et d'une largeur fort grandes ».

Un fort beau carré d'eau est posé au bout de cette allée, au-delà duquel le roi trouva deux cascades qui arrêtèrent sa vue et sa promenade par leur beauté et par la grande quantité d'eau qui s'y voit. C'est ici où il faut que Tivoli et Frascati[23] et tout ce que l'Italie se vante de posséder de beau, de magnifique et de surprenant avouent qu'elle n'a rien de comparable à Vaux. Ce n'est rien dire que cent jets d'eau de plus de trente-cinq pieds de hauteur de chaque côté faisaient qu'on marchait dans une allée comme entre deux murs d'eau. Il y en avait encore pour le moins plus de mille qui, tombant dans des coquilles et des bassins merveilleusement bien taillés, faisaient un si grand et si beau bruit, que chacun jurait que c'était le trône de Neptune.

Ces deux cascades font deux canaux fort grands et fort beaux qui en font un troisième de plus de mille pas.

Le roi et toute la cour, dans l'admiration de cette abondance d'eaux si bien ménagées et si bien conduites, en voulut voir les beautés de toutes parts et, après avoir passé sur un pont de bois sur le grand canal, monta par une espèce d'amphithéâtre au-dessus de la dernière cascade, où il trouva encore une fort belle chose au plus haut du jardin. C'est une gerbe d'eau de la grosseur du corps d'un homme et de hauteur de plus de vingt pieds, sortant avec tant de force et de violence, que c'est une des plus belles choses qui soit dans l'Europe de cette façon.

Je ne veux pas partir de cet endroit sans vous dire qu'on voyait la plus belle perspective du monde : le château qui est des[24] beaux édifices qu'on voit, en fait le point de vue avec les deux corps de logis des basses-cours qui, quoique

---

23 Les villas de Frascati et la villa d'Este à Tivoli, près de Rome, étaient célèbres par leurs cascades et jets d'eau.

24 Qui compte parmi les.

assez éloignées, semblent avoir été jointes au château pour le faire paraître d'une plus grande étendue. Toutes ces eaux jaillissantes, tous ces canaux, ces parterres, ces cascades, un bois de haute futaie d'un côté et un taillis de l'autre, ces allées remplies de dames, les courtisans chargés de rubans et de plumes faisaient le plus bel aspect qu'on puisse s'imaginer et c'était une confusion[25] de si belles choses qu'on ne peut exprimer.

Monsieur le Surintendant avait pourvu avec tant de soin à faire trouver à Leurs Majestés le divertissement sans peine, que quoique le jardin soit en terrasse, les calèches qu'il avait fait faire passaient partout, et la reine mère fit toute la promenade en calèche.

Le roi étant revenu au château et le jour faisant place à la nuit, il trouva une table sur laquelle on lui servit un ambigu[26], où la délicatesse et la profusion disputaient à l'envi. J'en eus la vue au passage, n'ayant pas voulu m'embarrasser dans la chambre du roi et voulant profiter de l'ordre que M. le Surintendant avait donné, qui fut si bien exécuté, qu'une grande quantité de tables fort longues et fort bien servies furent dressées en même temps, et j'y trouvai une fort bonne place où l'on nous donna des faisans, ortolans[27], cailles, perdreaux, bisques[28], ragoûts et d'autres bons morceaux, de toutes sortes de vins en abondance. Les tables furent relevées[29] plus de cinq ou six fois, et il n'y eut personne qui n'en fût pleinement satisfait.

---

25 *Confusion* : profusion, multitude, foule.
26 *Ambigu* : « festin où la viande et le fruit sont ensemble » (Richelet), c'est-à-dire où l'on servait à la fois, en un repas froid, les différents mets et le dessert.
27 La chair de ce bruant, de ce passereau, était recherchée pour sa délicatesse.
28 Potages.
29 Furent renouvelées.

J'oubliais à vous dire que pendant que le roi soupait, les vingt-quatre violons[30] faisaient retentir tous les lieux d'alentour de leur charmante harmonie.

Leurs Majestés ayant soupé, chacun courut pour prendre place à la comédie. Le théâtre était dressé dans le bois de haute futaie, avec quantité de jets d'eau, plusieurs niches et autres enjolivements ; et l'ouverture en fut faite par Molière, qui dit au roi qu'il ne pouvait divertir Sa Majesté, ses camarades étant malades, si quelque secours étranger ne lui arrivait. À l'instant un rocher s'ouvrit et la Béjart en sortit en équipage[31] de déesse. Elle récita un prologue au roi sur toutes ses vérités, c'est-à-dire sur toutes les grandes choses qu'il a faites, et en son nom elle commanda aux termes de marcher et aux arbres de parler, et aussitôt Louis donna le mouvement aux termes et fit parler les arbres. Il en sortit des divinités qui dansèrent la première entrée du ballet au son des violons et des hautbois qui s'unissaient avec tant de justesse qu'il n'y a rien de si doux ni de si agréable.

Le sujet de la comédie fut contre les fâcheux et les fâcheuses, où un homme se voit importuné de tous les fâcheux dont on peut être tourmenté. La pièce est divertissante et quelques gens de la cour qui étaient présents y trouvèrent leur rôle[32]. Chaque intermède d'acte était rempli d'une entrée de ballet de joueurs de paume, de mail, de boule, de frondeurs, de savetiers, de Suisses et de bergers[33]. Celle-ci me sembla la plus belle et je pris un plaisir extrême

---

30 Les « vingt-quatre violons du Roy » furent créés par Louis XIII et se cantonnèrent le plus souvent à des musiques de danse ou de plein air.

31 En costume.

32 C'est-à-dire : purent se reconnaître dans les fâcheux de la comédie.

33 Les joueurs de paume n'existent pas dans le livret des entrées. Tous les autres personnages s'y trouvent bien.

à voir danser une femme qui dansait entre quatre bergers avec une légèreté et une grâce incomparables.

Ce divertissement fini, le roi alla sur le bord de la première cascade, et en sortant de la comédie, on s'aperçut qu'il ne s'y était rien trouvé de si beau que de voir le château et la dernière cascade : des lanternes qu'on avait posées les unes proches des autres sur les corniches du château faisant paraître le bâtiment tout en feu et faisaient une confusion d'obscurité et de lumière qui surprenait la vue.

De l'autre côté, le dessus et les deux montées de la dernière cascade étant éclairées de la même façon montraient un amphithéâtre de feu qui était accompagné de quatre statues de même clarté.

Il était déjà une heure après minuit ; et la nuit sombre favorisant ces choses contribuait merveilleusement à en augmenter la beauté et à surprendre les sens qui s'en forgeaient mille imaginations agréables.

De cet amphithéâtre sortit une quantité innombrable de fusées qu'on perdait de vue et qui semblaient vouloir porter le feu dans la voûte des cieux, dont quelques-unes retombant faisaient mille figures, formaient des fleurs de lys, marquaient des noms et représentaient des étoiles, pendant qu'une baleine s'avançait sur le canal, du corps de laquelle en entendit sortir d'épouvantables coups de pétard, et d'où l'on vit s'élancer en l'air toutes sortes de figures, de sorte qu'on s'imaginait que le feu et l'eau s'étant unis n'étaient qu'une même chose : les cascades des deux côtés, le canal au milieu, le feu de l'amphithéâtre, celui de la baleine et des fusées serpentant sur l'eau faisaient assurément un fort beau mélange. Les fusées, après avoir serpenté longtemps sur l'eau, s'élançant d'elles-mêmes en produisaient d'autres qui faisaient le

même effet des[34] premières. La prodigieuse quantité de
boîtes, de pétards et de fusées rendait l'air aussi clair que
le jour, et le bruit des uns et des autres mêlé à celui des
tambours et des trompettes représentait fort bien une
grande et furieuse bataille ; et je vous avoue que mon
âme pacifique sentait enfler son courage et que je serais
devenu guerrier, si l'occasion en eût été aussi véritable
qu'elle était bien représentée.

Le roi en voulant voir la fin entièrement et croyant
qu'après cela il n'y avait qu'à monter en carrosse, s'en retour-
nant au château, il partit en un instant et comme à la fois
du dôme du château un million de fusées qui, s'élargissant
et s'élevant, couvrirent entièrement le jardin, en sorte que,
retombant de l'autre côté, elles formaient une voûte de feu
sous laquelle le roi était en assurance.

Si vous faites réflexion sur toutes ces choses, vous trou-
verez que tout ce qu'on a écrit de fabuleux dans les romans
n'égale point cette vérité : on se promène entre deux murs
d'eau, on marche sous une voûte de feu, les rochers s'ouvrent,
les arbres se fendent et la terre marche ; on voit des danses,
des ballets, des mascarades et des comédies. On voit des
fleurs, on voit des batailles, on voit la nuit et le jour en
même temps, on entend la plus douce harmonie du monde ;
on mange de toutes sortes de viandes[35] et l'on boit des
vins les plus exquis.

Le roi trouva encore les vingt-quatre violons dans le
château, qui jouaient avec tant de douceur et si juste qu'il
s'arrêta pour en avoir le plaisir. La collation de toutes sortes
de fruits les plus beaux et les plus rares lui fut présentée,
et toute la cour trouva que ce rafraichissement lui était fort

---

34   Que les.
35   *Viande* : aliments, nourriture.

nécessaire. Après quoi le roi partit pour Fontainebleau, après avoir témoigné au grand ministre qu'il était fort satisfait du divertissement. Et pour moi, j'allais coucher à Melun, ravi de tant de belles choses.

INDEX NOMINUM[1]

---

[1] Pour les noms de personnes, les critiques contemporains sont distingués par le bas-de-casse.

INDEX DES PIÈCES DE THÉÂTRE

TABLE DES MATIÈRES

L'ÉCOLE DES MARIS

LES FÂCHEUX